本日、貴方を愛するのをやめます

～王妃と不倫した貴方が悪いのですよ？～

Characters
「王妃殿下は私を惨めな妻と
書いていますが……今の光景を見れば、
どちらが惨めなのでしょうね？」
「物語を変えろ。
応援しているぞ」
アーシア・リルレス
レジェスに虐げられ続けてきた令嬢。
家に現れた謎の本によって、
前世の記憶を取り戻す。
元夫に愛想をつかし、
出ていくために取った手段は——？
ヴォルフ
王家騎士団の団長。
主人公が前世の記憶を
持っていることを知っている。

レジェス・ルドーク
アーシアの元夫。
王妃の護衛になるためだけに、
アーシアと結婚した。
サフィラ・スフィクス
レジェスの浮気相手にして王妃。
前世の記憶を持ち、とても利己的。
ディノ・スフィクス
王国の第一王子。
実はアーシアのファン。
とある事情で、アーシア達と
関わることになる。
ブルーノ
公爵家の当主。
アーシアを娘のように
思っている。

プロローグ

――それは、日常の中に紛れた違和感から始まった。

玄関先に、見知らぬ医学本が置かれていたのだ。

誰かの忘れ物かと思うような自然さに、私はふと、それを手に取って開いた。

『ルドーク伯爵家の女主人よ、夫の部屋を調べなさい』

最初のページに書かれていたのは、この国の文字ではない謎の文字。なのに、私には読めた。

さらにそれが、『日本語』だと分かった。

しかし、私はなぜ……この文字を知っているのだろう？

「何……これ？　誰が置いたの？」

疑問を漏らしながらも、私――アーシアは書かれている通りに旦那様の部屋へと向かった。

本来、そんな文字に従う必要なんてない。でも、何かを思い出しそうな気がして、答えを求めるように身体が動いてしまったのだ。

その結果、私は見たくもない、とあるものを見てしまった。

「レジェス様……嘘ですよね？」

旦那様――レジェス・ルドークの部屋の執務机。その引き出しの中には、山のように手紙が収納されていた。執務は私が中心に行っているが、旦那様宛ての手紙を覗くなんてことはしていなかった……そう、今日までは。

私は積まれた手紙の中から無造作に一通を手に取り、驚きで息を止める。

旦那様は、この王国の近衛騎士団の団長だ。

彼は剣の実力と妻帯者であることを理由に信頼を得て、一年前に王妃様の護衛騎士へ就任した。

なのに、机の引き出しから出てきた手紙はすべて……王妃との恋文であったのだ。

【レジェスと、はやくお会いしたいです】

【私の気持ちの全ては、陛下ではなく……レジェスにあります】

手が震えた。

この手紙には、レジェス様と王妃様の想いが事細かに記載されている。

やりとりは残酷なほどに明け透けで、私が夫に抱いていた恋情を壊すには十分すぎた。

見たくないはずなのに、手は自然と次から次へと手紙に伸びる。

そして、一番新しい日付の手紙に、自然と涙がこぼれた。

【私の護衛騎士。どうか私だけを見てください。妻を愛さないでくださいね、レジェス】

妻――すなわち、私を愛さないようにと無邪気に願う手紙。

旦那様はそれにどう答えたのだろう、と考えながら、震える手で手紙を置いた。

あの本の『日本語』は私にこれを伝えたかったのだ、と理解した瞬間、すべてを思い出した。

「そうか……思い出した。私はアーシア、あの小説の……」

私の頭の中に浮かんだのは、前世の記憶。

先程の本に書かれていた日本語を使う国……日本にいた頃の記憶が蘇る。

記憶から分かるのは、私が今生きるこの世界は、前世で読んだ小説『禁じられた愛』の中ということ。

『禁じられた愛』とは、主人公である王妃と、既婚者である近衛騎士団長との許されない恋物語。

作中には王妃へと嫉妬し、暗殺を目論んで断罪される悪女・アーシアがいる。

そして、その悪女こそが……今の私だった。

「……なんで、レジェス様」

虚しさから、涙がこぼれ落ちていく。

私は確かにレジェス様を愛し、尽くしていた。でも初めは優しかった彼が、日に日に冷たくなっているとは感じていた。それでも、いつかまた振り向いてくれると信じていたのに。

でも、彼はただ王妃様の護衛騎士となる権利を得るために私を娶《めと》っただけだったのだ。

初めから愛する気もなく、利用するためだけだと知り――

全てを思い出したこの日を境に……私の献身的な愛は終わりを告げた。

第一章　さようなら、もう愛するのをやめます

涙を親指で拭い、顔を上げると、レジェスの部屋の片隅に置かれた鏡に自分の姿が映る。

鏡に映る私の姿は前世で読んだ小説通り、エメラルドのような碧《みどり》色の瞳と金髪をしていた。

悲しみで溢れてしまう涙を止めるように頬を叩くと、金髪が揺れた。

「悲しむのは終わり……これからを考えないと」

前世の小説『禁じられた愛』通りならば、いずれ私は悪女として断罪されてしまう。

ならば、いつまでもレジェスへの恋情を引きずる訳にはいかない、行動しないと。

「まず……前世の記憶をしっかり思い出さないと……」

玄関先に置かれた謎の本、そこに日本語で書かれたメッセージ。

置いた人も、理由も分からぬままだが、考えても答えは出ないならまず目先の事に集中だ。

元々、前世で小説を読んだ時も、レジェスと王妃の愛が真実の愛だとされていることに懐疑的だったが、現実はもっと悲惨だ。既婚者でありながら、禁じられた愛を追い求めた二人といえば聞こえは良いしロマンチックだけど、その幸せの裏での私への扱いは酷いものだ。

レジェスはルドーク伯爵家の当主だが、本来彼が行うべき執務を女主人の私に丸投げしている。

不慮の事故で両親を亡くした私を、「愛している」と妻に娶《めと》り、働き詰めにして、自らは王妃様

の護衛に付きっ切りという訳だ。

「考えてみれば、レジェスの行為は最低ね」

こんなの、小説には書かれてなかった。これではどちらが悪役だろうか。

私は外に出した王妃からの手紙をいくつか持ち帰るために、選別しながら独り言を呟く。

「思い返せば最悪だけど、私はレジェスに従うしかなかった……ここでしか生きていけなかった」

私は元リルレス子爵家の令嬢であり、この結婚は政略により結ばれた。しかし両親は早くに亡くなってしまい、兄妹もいない。継ぐ人もいなくなったリルレス子爵家は、もはやこの世にない。

離婚すれば私の帰るべき場所はなく、自然と彼に従うしかなかった。

今思えば、これもレジェスの狙いだったのだろう。

とはいえ、根底からレジェスは酷い夫という訳ではなかった。初めて顔合わせした時の彼は本当に優しくて素敵だったし、騎士として民から賞賛されて輝いていた。

そんな彼の妻になれたのが嬉しくて、いくらでも尽くそうと思えたのだ。

けど妻になって半年後ほどから、彼は私から距離を取り始め、今では私の待遇は最悪に変わり果てている。

ぐっと唇を噛みしめて、選り分けた手紙を懐にしまう。

そこで、尖った声が私を呼んだ。

「アーシア様。どうしてこの部屋にいるのですか？」

驚きで顔を上げると、この屋敷の使用人が私を睨みつけていた。

同時に、私のドレスへと水に濡れた汚い雑巾が投げつけられ、びちゃりと音を立てる。

「さっさと屋敷を掃除してください。旦那様に言いつけますよ？」

これはいつもの待遇で、部屋の外からクスクスと笑う声が聞こえてくるのもいつもの事だ。

帰る家もなく、離婚を選べない私が逆らえないからと、この家の使用人は好き放題だ。

私はため息を吐いて、雑巾を床から拾い上げた。


「……俺の部屋に、勝手に入ったそうだな。アーシア」

夕食時、自宅に戻って食卓についたレジェスが私に問いかける。

使用人が告げ口したのだろう。私が黙っていると、レジェスはため息を吐いてこちらを睨む。

「女主人として与えられた仕事だけをしろ。それ以外には手を付けるな」

彼はこちらを睨んだまま、矢継ぎ早に言葉を続ける。

「身寄りのないお前が妻として愛されるよう尽くせ。近衛騎士団長であり、王妃殿下の護衛である俺が恥じぬ妻でいろ。相応の励みを見せねば、お前には触れる気もない」

最後にそう締めくくって、レジェスはうっすらと笑みを作った。

私との関係を持たないようにするのは、王妃様への操《みさお》を立てているつもりだろうか。

今までは彼の愛を受けられないことを悲しんでいたが、今の私にとっては都合がいい。

――この旦那様《レジェス》ときたら。

確かに、今までの私は彼に惹かれていたし、居場所がなくなるのが怖かったから自然と従っていた。

だけどもう、彼に振り向いてもらう気がなくなった今、ハッキリ告げておこう。

「分かりました旦那様……私は今日より、女主人としてのお仕事だけに努めます。貴方は王妃様の護衛に集中してください」

突き放すように告げれば、いつもと違う反応に彼がたじろいだ。

「っ……強気な物言いだな。自分の立場が分かっているのか？」

「はい」

「今の君は俺にとって使用人よりも価値はない。愛される努力をするのは当然だ」

「はい」

「分かっているのか？　離婚すれば路頭に迷う事を肝に銘じて――」

「はい！」

「ちっ……もういい」

面倒で適当に返事をしていると、ようやく自室に戻ってくれた。

私は一人残された食卓で、ナイフで魚を切り分けながら、今しがたの会話をわずかに考えた。

離婚か……利用されるぐらいなら、さっさと彼から離れたい。

しかし、今の私の立場で離婚したって、なんの意味もない。加えて国王陛下に王妃との関係を密告しようにも、現状の立場では嘘だと封じられ、嘲笑を受けるだけになりかねない。

相手は王妃だ。権力が桁違いだし、そもそも陛下に密告する伝手すらない。

だから、私は決めたのだ。

――三年間この生活に耐えて、離婚する準備をしよう。

彼を愛する生活に終わりを告げる。

私は悪女として断罪される最期を回避し、運命を必ず変えてみせる。

◇◇◇

はい、という訳で三年間が経ち……本日が離婚する日となりました。

これが小説であれば、辛い中で奮闘する日々を書くのだろうけど、この三年間は無心で目的に向けて突っ走っていたため、思い出す事もない。

本日、私を利用していたレジェスと離婚する。

その準備だけを、この三年間で整えたのだ。

「さて……と、さっそく行かないとね」

早朝、私がリビングへと下りれば、すでにレジェスは王妃の護衛の任務で外出していた。

――彼が不在とは、ちょうどいい。

「アーシア様、こちらが朝食です」

目の前に置かれた小さなパンを見つめる。この三年で私の扱いはさらに酷くなった。

これが女主人として執務をこなした私の食事なんて。前世のブラック企業より真っ黒だ。

「それと、旦那様がお皿を片付けておけと」

使用人に言われて視線を卓上に向ければ、レジェスの食事の皿がそのままだ。真っ白な皿に、彼が朝から平らげたベーコンの脂がこびりついている。

「そう、片付けておかないとね」

私は立ち上がり、汚れた皿を掴んだ。そしてそのままフリスビーのように皿を投げる。風を切る音と共に皿は飛んでいき、食卓に置かれた燭台をなぎ倒してパリンと割れた。

「……あら、意外と飛ぶわね」

「な、何をしているのですか！」

私の行動に使用人が目を丸くする。

「失礼。手が滑ったの。――さてと」

騒ぎで使用人が集まってくる。

目論見通りにこの騒ぎが十分に人を集めたことに満足しつつ、私は手を叩いて宣言した。

「今日から貴方達は解雇です。出て行きなさい」

「え……は？」

使用人達が目を見合わせる。

聞こえなかったのかしら？　私はもう一度ゆっくりと繰り返した。

「解雇と言ったのです。貴方達は私と結んだ契約を違反しているもの」

子供に教えるようにゆっくりとした口調で告げると、使用人の一人が私へと怒声を上げた。

「ふざけたことを言わないでください！　意味がわかりません！　旦那様に報告しますよ？」

「ええ、しなさい？　でも意味がないと思うわ」

そう言って、私は食堂に持ってきていたトランクから書類を取り出し、使用人達に突き付けた。

これは、彼ら自身の雇用契約書だ。

まだ何が起きているか分からない様子の彼らに、私はゆっくりと真実を教えてあげる。

「つい一年前、貴方達の雇用条件の変更に伴い、契約書を再度結んだのは覚えているでしょう？」

「それが……何か？」

「よく読みなさい。雇用主の名前をね？」

「え？　……あっ!?」

雇用条件の変更に伴い、彼らと契約を結ぶ雇用主はレジェスから私に変更されている。

つまり彼らは、私個人に雇われている身ということ。レジェスの代わりにルドーク伯爵家の仕事をしている私は、いわば女主人なのだから当然の契約といえる。

使用人達は今更変更点に気付いたのか、顔を青ざめさせる。

「分かった？　貴方達を解雇できる権利を私は有しているのよ？　はい出て行って」

「ま、ま……待ってください。今一度、お考え直しください」

「は？　何を考え直せというの？」

「し、知らなかったのです。せめて、解雇を再考していただけませんか……」

「はぁ……」

本当、つくづく身勝手だ。猶予を一年も与えていたのに。

「契約書の更新は一年前に行いました。その時、私は雇用条件を加えていたはずですよ。雇用主である私への罵倒や、蔑みの行為を確認すれば、即刻解雇するとね」

むしろ、この日まで解雇を待っていたことを喜ぶべきだ。

私はにっこりと微笑んで、使用人達を見回す。

「ですが、貴方達は契約を結んだ当日から……まぁ、好き勝手に言ってくれましたね」

「……ま……待ってください。す、すみません」

「惨めな女主人？　旦那様に愛されぬ醜女《しこめ》……他にもいっぱい、ちゃんと記録しているわよ？」

「ゆ、許して、くだ……さい」

使用人達の顔から生気が抜けていく。

本来、蔑んでいた女主人ごときに解雇されても、負け惜しみでも言って出ていく人間の方が多かったはずの彼らが、なぜこれほど慌てているのか？

それは、新たな雇用条件にはもう一文、私が付け加えた部分があったからだ。

「さて、雇用主を罵倒して解雇された際、もう一つ条件がありましたよね？」

「こ、これだけは……これだけはお願いします。許して……」

「侮辱した記録を王国騎士団へと報告いたします。侮辱は微罪だけどしっかり犯罪。就職の度に前科を報告する義務もあるから、再就職は難しいでしょうけど……頑張ってね！」

契約書を彼らの手に無理やり握らせて、再びにっこりと笑う。

使用人達は皆、絶望といった言葉が似合う表情を見せて言葉を失っていた。

うん。ここまでは準備をしていた通りだ。最初の一歩は順調。

次に移るために、私は阿鼻叫喚の彼らを放置して私室へと戻った。

部屋の中には、いつも通り驚くほど大量の書類がある。

どれもこれも、本来ならばレジェスが伯爵家の当主としてこなすべきものばかりだ。

「っ……奥様？」

書類を山と積み上げていた屋敷の家令が、私を見て目を吊り上げた。

「執務にいらっしゃるのが遅いのでは？　これらすべて、旦那様からのご依頼です。子供を生《な》す機会もない女主人ができるただ一つの務めなのですから、さっさと終わらせてください」

侮辱の言葉を吐く家令だが、今は気にならない。

あとで皆と同じく雇用条件の書類を見せてあげよう。

そんなことを思いつつ、私は書類の束をいくつか手に取り、すぐさま部屋の出口に踵《きびす》を返した。

「分かりました、これらの執務は今すぐ片付けるわね」

「返事はいいのです。さっさと終わらせ……っ！　——どこに行くのですか？」

「さっさと終わらせに行くんですよ。この執務書類をすぐに片付けましょう」

戸惑う家令を置いて、私は食堂へと早足で向かう。

そして轟々と燃え上がっている暖炉へと、執務の書類を放り投げた。

炎はすぐに書類を焼き尽くしていく。追ってきた家令の怒鳴り声が聞こえた。

「な、何をしているのですかぁ!!」

「これで全部終わったじゃない」

いい汗をかきながら、暖炉で灰となっていく書類を見つめて呟く。

家令は愕然としていたが、一拍置いて私へと叫んだ。

「すぐに旦那様に報告いたします！　こんな事をしてどうなるか分かっているのですか！」

――予定通りね。

私は両手を払ってから、家令を見つめて淑女らしく微笑んだ。

「ええ、ここまで侮辱したのだから。さっさとレジェスを呼んできなさい」

「っ!?」

「あ、呼びに行くついでに、私がレジェスと離婚するつもりと伝えておいてくれるかしら」

呆然とする家令を残して、私は自室へとまた戻り、すでにやり終えた書類を取り出した。

「さて、残りも片付けましょうか」

これは、彼が王妃と禁断の恋に燃え上がっている間、私に押し付けた執務書類だ。

旦那様が帰ってきた時、屋敷から私が尽くしてきた功績を全て消し去っておこうかな。

「私に任せたなら、どうしようと自由よね？」

それらをビリビリと引き裂いていく。

離婚すればこの家から私の籍がなくなり、当主であるレジェスがやりなおす必要が生じる、そうなればこの書類は必要ないから破いた所で支障はない。

そうしている間に少し悪戯心が湧いた。破いた書類をかき集め、今度はレジェスの部屋へと向かう。ここでいつも書類を彼に渡すのだが……

『俺がいる時に持って来るな。お前の顔など見たくもない』

『わざわざ来て誘っているのか？　お前に食指は動かん、諦めろ』

あぁ、改めてレジェスから受けた対応を思い出すたびにイライラする。

記憶が戻る前は幾度もレジェスの言動に悲しんでいたが、今は違う。

自信満々に食指は動かないなんて言って……今となっては指を折ってやりたいぐらいだ。

「でも、そんなに私の顔を見ずに書類が欲しいのなら……いくらでもあげるわよ。レジェス」

そう言って、私は先ほど破いた書類を紙吹雪のように部屋に散らした。

あぁ、前世でこうしてストレス発散をしたいと思っていたけど、こちらで叶うなんてね。

書類をあちこちに散らかして、ふぅっと一息吐く。

「よし、完了」

汗を拭っていると、呼び鈴が鳴った。

ちょうど、私が呼んでいた方々が来たようだ。

いまだに蒼白になって話し合う使用人達を横目に玄関の扉を開くと、人の好さそうな顔をした老紳士と恰幅のいい男性がそこに立っていた。

「本日はご招待くださりありがとうございます。アーシア様。我らはメリット商家の者です」

「ええ、よく来てくださいました。お入りください」

ニコリと微笑みつつ、メリット商家と名乗った彼らを屋敷に招く。

メリット商家の方々は、私が行っているとある副業で知り合った仲だ。

彼らは、慌てふためくこの家の使用人達を不思議そうな目で見つめてから、客間にあるソファ、飾られている絵画、燭台などをゆっくりと見て、私へと満足そうに頷く。

「それでは予定通り、この屋敷中の家財を私どもで買い取らせていただきますね」

「ええ、メリット商家にはお世話になっていますもの。いくらでも買い叩いてちょうだい」

「はは、アーシア様が相手ですから、誠実に買い取らせていただきますよ」

――実はこの屋敷の家財は半年前に一新している。私が副業で稼いだお金で家のものを揃えたから、所有権は全て私にある。それらを私が出て行くのに合わせて、全部売ってしまおう。

もうすぐ、家令から呼ばれたレジェスがこの屋敷に帰ってくる。

もぬけの殻となった屋敷で、彼に別れを告げようとずっと準備を重ねていたのだ。

「ふふ、もうすぐね。レジェス……」

もう今から、彼が帰ってくるのが楽しみだ。

メリット商家に家財を売るための必要書類にサインをして、順調に買い取ってもらう。

「査定額はいくらになりましたか？」

「はい、大変高価な家具もありましたので……金貨百二十六枚となります」

おぉ！　思った以上の額になってくれた。

金貨百枚もあれば、一年は生活するのに困らないだろう。

「では、端数の二十六枚を差し上げますので、本日中に全ての家財を運び出してください」

「いえいえ、金貨などいただかなくとも……アーシア様が売ってくださるアレで我らも儲けさせてもらっております。必要であれば無償でお引き受けしますよ」

「いえ、メリット商家とは今後も良い関係を続けていきたいので、端数分はお納めください」

「……感謝いたします。アーシア様」

うん、二十そこらの金貨で、この王国一番のメリット商家に恩が売れるなら好都合。

良い取引ができたおかげで、屋敷の中の家財はすぐに運び出してもらえた。

「それではアーシア様。売却した家財の代金は、また後日に……」

「はい。また伺います」

使用人達も契約書を見直して諦めたのか、皆が出ていき……ようやく準備を終えた。

もぬけの殻になった屋敷を見て一息つく。残されたのは、ほんの少しの家具と三年前に抜き取った王妃とレジェスの恋文だけだ。彼と王妃の禁断の愛を示す証拠は、すでに私の手にある。

今まで私が築き上げた全てを失ってもらい、レジェスに別れを告げる。

三年耐えた苦しみが……ようやく実りそうだ。

◇◇◇

トランクにわずかな私物を詰め込み、シンプルなワンピースに着替える。

一脚だけ残しておいた椅子の上に腰かけていると、待ち望んだ荒い足音が聞こえてきた。

「アーシア……お前、何をしている」

「あら、レジェス様。遅かったですね……待ちくたびれましたよ」

顔を上げると、後ろで束ねた長い黒髪を揺らしたレジェスが私を睨みつけている。

社交界では笑みを絶やさぬ彼が、憎悪を蒼い瞳に宿して拳を握りしめていた。

「使用人を解雇したと聞いたぞ、そんな事は許可していない」

「ふふ、旦那様が遅かったので……もう全員を解雇してしまいましたよ？」

その言葉を聞いたレジェスがハッと目を見開き、ようやく周囲を見渡した。

そして気付いたようだ。使用人どころか屋敷中の家財が一切合切、消えていることに……

「なんだ……これは……？」

「見て分かりませんか？」

「誰がこんな事を許可した。アーシア」

「おかしな事を言わないでください。レジェス様。許可など必要ありません」

ああ、やっぱり気が付いてなかったのね？

私は使用人達と結んだ契約書を、彼へと投げつけた。

「この屋敷の使用人達の雇い主は私です。女主人として当然の権利を行使しただけですわ」

「な……そんなはずは……家財などは!?」

「家財は私の私財で集めました。つまり私の所有物だったので売り払っておきました」

「そんな金……どこに……」

「女主人としていただく正当な対価と、ちょっとした副業のおかげです」

笑いかけると、馬鹿にされたと思ったのか、レジェスは剣の鞘を払い、剣先を私に突きつけた。

「正当な対価だと？　お前が虚言を吐き、伯爵家の財産を不当に使ったのだろう！」

「いいえ、神に誓って伯爵家の財産には手を付けておりません」

「この状況でそんな言葉が通じるか！　まだ俺を侮辱する気ならば、ためらわずに剣を振るうぞ」

あぁ、思わず笑ってしまいそうだ。

レジェス、貴方は私が思う以上にちっぽけな男みたいね。

「ええ、では殺しなさい」

「っ⁉」

私は怯えず一歩踏み込み、レジェスが向けた剣先に首を当てる。

たじろぐ彼に微笑みを向けた。

「正当な権利を行使しただけの私を……剣も持たない無抵抗な女を切りなさい」

「こ、この……」

「暴力でしか解決できない惨めな男だと認めながら、さっさと私を殺しなさい」

「……っ」

「生き恥を晒《さら》して生きていく覚悟で殺しなさい！　はやくっ‼」

睨みながら叫べば、レジェスの剣先が震えた。そして、勢いよくその剣が地面へと突き刺さる。

彼は悔しそうにこちらを睨んで呻く。

「くそ……本気か？　お前……」

「脅して私を従えさせるのは無理だと分かったようですね？」

「ふざけるな……お前は、自分の立場が分かっているのか？　俺は――」

彼がそう言った瞬間、ぶわりと全身の毛が逆立つように感じた。

ようやく、待ち望んだ言葉が来る。

三年間の、この日……この言葉のための準備が実を結ぶ。

「俺は離婚してもいいのだぞ。そうなって困るのは身寄りのないお前だろう！」

「いえ、むしろその言葉を待っておりました」

私は間髪いれずにトランクを開き、この日のために用意していた書類を取り出す。

そして、それをレジェスの胸元に再び叩きつけた。

「これ……は」

床に落ちたのは、離婚申請書。私と彼の婚姻を断ち切る用紙だ。

当然、私はサイン済み。レジェスは私のサインを認めた瞬間に顔を歪めた。

「……考え直せ。どうして急にこんな事を」

「有言実行してください。それとも、まだ……惨めに私に縋りつきたいの？」

微笑みながらそう問いかければ、レジェスは悔しげに唇を噛み締めた。

やがてゆっくりと、その離婚申請書へと震える手を伸ばす。書類を握りしめた彼は、葛藤しているように見えた。

サインすれば、今までのように私を利用して王妃の護衛をできない。都合の良い妻を手放す苦悩があるのだろう。

だけど、それを悠長に待つ気はなかった。

「さっさと書いてくださいませんか？」

インク瓶とペンをトランクから取り出して、床に投げる。

転がったそれは彼の足元に当たって止まった。

「こんな事をして……どうする気だ。離婚して後悔するのはお前のはずだ」

「もう後悔しています。貴方と結婚したことを、ですが」

「すこし考える時間が欲しい。あまりに急すぎて判断できない」

唇を震わせ、必死に考えているらしい姿に、優柔不断という評価しか抱けない。

こっちは三年もレジェスの侮辱に耐えた、一秒でもはやく貴方から離れたいのだ。

——だから迷って時間をかけられるぐらいなら、とっておきを出す事にしよう。

「そんなに離婚を迷うのは、これのせいですか？」

私は再び身をかがめ、トランクから一枚の封筒を取り出してレジェスへと見せつける。

それを見た彼は驚愕を隠すことなく、顔を歪めた。

「そ、それは……」

王妃殿下との恋文だ。まだ中身すら見ていないのに、そんな反応を見せて大丈夫なのかしら？

「なぜそれを⁉　俺は捨てていたはずで……」

「捨ててあったなら、どうしようと自由ですよね？」

彼の執務室から初めて手紙を見つけてから数年経った今も、彼は王妃殿下と恋文を交わしている。

流石に内容を見られて困る恋文は捨てていたようだけど、王妃への愛なのかなんなのか、大事に封筒に入れて捨てているお粗末ぶりだ……

まあ、彼のそんな管理のおかげで、全て私が回収できたのだけど。

「とても素敵な手紙ね……内容を読んであげましょうか？」

「……っ……やめろ」

「えーと。『惨めな妻に触れないでください。私も陛下には心を捧げずに、レジェスだけを想っています。だから貴方も同じく私だけを想ってね』……ですか」

レジェスが蒼白な顔で項垂れる。その姿を見て、私は肩をすくめた。

「王妃殿下が私を惨めな妻と書いていますが……今の状況では、どちらが惨めなのでしょうね？」

離婚申請書を握りしめて立ち尽くすレジェスと、そんな彼との別れを待つ私。

この光景を王妃に見せてあげたいものだ。

「さて、そのまま迷っているおつもりなら、まずはこの手紙を王家に届けます」

「なっ⁉　やめろ……やめてくれ。それだけは……」

レジェスは打って変わり、私へと懇願する。そんな彼に向かって微笑んだ。

「では私の要望を聞いてくれますね？　レジェス。離婚してください」

「分かった、サインをする。だからどうか……その手紙を返してくれ」

「そこまで頼むのなら……分かりました。コレだけは貴方に返しましょう」

頭を下げていたレジェスが、ホッと安堵の表情を浮かべる。

私はちゃんと、コレだけは――と言いましたね？　約束は守るつもりだ。

「ですが、渡すのは書類を書き終えてからです。さっさと書いてください。これ以上待たせたら、私も考えを変えるかもしれません」

「……分かった」

あぁ、ようやくだ。

こんなにも、インクが紙に染み渡る瞬間を楽しみにした事はない。

離婚申請書に記されたレジェスの名を見て、心が満たされていく。

「これで、いいだろう」

ようやく彼とお別れだ。

彼がサインした離婚申請書をひったくり、私は準備していたトランクを持つ。

そして、王妃殿下からの恋文を投げつけた。

「それでは、さようなら」

「ま、待て！」

「……なんですか？」

「お前は確かに俺の愛を求めていたはずだ。今なら俺も向きあう。だから……考え直せ」

「え……いやですが？」

「っ⁉」

何を、ショックを受けた顔をしているのだ。思い上がっているの？

レジェスを愛した気持ちなんて、三年前に捨てているのだと知ってほしい。

私はトランクを持ったままレジェスへ振り返り、まるで幼い子供に言うようにゆっくりと告げた。

「人生の墓場と化した結婚に未練などないの」

「上手くいくと思っているのか、身寄りのない女が一人で生きていく術《すべ》などないはずだ」

「一人で生きていけないのは、貴方でしょう？」

「っ……」

もうこの場にいるのすら耐えられなくて、前を向き玄関扉を開く。

自由を祝福するような太陽の輝きを浴びながら、わずかにだけ振り返って礼をした。

「それでは、さようなら」

膝を突き、信じられないという面持ちでこちらを見上げるレジェスとは反対に、晴れやかな気分で屋敷を出ていく。

私は今日、ようやく離婚を果たして自由となった。

さよなら、元旦那様。——でも、これで終わりと思わないでね？

第二章　隠された彼らの罪

屋敷から出ていった後、私は近くの街の喫茶店に入り、あらかじめ決めておいた席へ向かう。

そこには既に待ってくれていた男性がいた。慌てて席につき、私は軽く頭を下げた。

「……メリット商家の方ですね。お待たせしました」

「いえ、アーシア様。お約束通りの時間で安心しました。……それでは約束のものをお渡ししますね」

「そう言ってくださるとありがたいです。……それでは約束のものをお渡ししますね」


さっそく私は、レジェスと王妃が交わしていた恋文を目の前の男性へと渡す。

先程のものとは違い、こちらには二人が熱い夜を過ごした事が明確に書かれている。これっきとした不義の証拠だ。

「これは……とんでもない手紙ですね……」

「これを王家の文官に届けてください。報酬は約束の額を支払います」

レジェスに渡した恋文──あんなのほんの一部にすぎない。

もっと過激な恋文を、私は大量に回収しているのだから。

私が渡す約束をしたのはあの一通のみで、これらの恋文は該当しない。だから騙していないはずだ。

メリット商家の男は興奮した様子で手紙の内容を検《あらた》めると、ぎらついた目でこちらを見上げた。

「アーシア様。こちらは号外にも出してもよいでしょうか？　二日後には出せます」

その言葉に思わずにんまりしてしまう。

この内容が広く知れ渡るのは願ってもない話だ。彼らには本当に助けられる。

私は、すぐに頷いた。

「いいですよ。準備ができたらジャンジャン出してちょうだい。遠慮なくね？」

私の言葉に、彼はパッと表情を明るくするとすぐさま席を立った。

「出来るだけすぐ記事にいたします！　新作の件も含め、これからもよろしくお願いいたしますね」

「ええ、私からもお願いします」

号外……貴族にも庶民にも伝手のあるメリット商家は、この王都にて新聞も出版している。何より彼らのコネクションは王家にも及んでおり、恋文を王宮の文官に届けることができる
――つまり、私では届かない王宮の内部にまで、恋文の存在を暴露することができるのだ。

このために三年かけて彼らと太いパイプを作った甲斐があった。

「準備は整った。ここからね……」

私は、ここまで来た達成感と共に呟く。

前世で読んだ小説では、私《アーシア》は王妃暗殺未遂の罪で処刑される。

王妃の殺害なんてするつもりはないが、その未来を確実に回避できるという保証はない。

だから私は三年前に、断罪を避けるために生きると決めた。

万が一にも私が断罪されないよう、レジェスと王妃の禁断の愛を皆に晒《さら》し、物語のまま人生が進

まないよう試みる。

彼は、別れただけで終わりだと思っているのだろうが。

だけど私は貴方を想っていた二年、そして準備の三年。

計五年も侮蔑に苦しんでいたのだから、貴方達にも相応の報いを与えないと不公平よね。

「私の平穏な未来のため……禁断の愛で燃え尽きてね」


メリット商家の男が出ていってからしばらく、紅茶を飲み終えた私はゆったりとした気持ちで王都へと向かった。

レジェスは私が帰る場所などないと思っているだろうが、世話になっているメリット商家が屋敷も用意してくれたおかげで、生活には困らない。

流石に伯爵家ほどの家ではないが、下品な飾りなど一つもない清潔で美しい家だ。

彼との離婚を済ませたおかげか、その夜は心地よい眠りに身を任せることができた。

◇◇◇

翌朝、私は屋敷に用意された執務室で、前世を思い出すきっかけになったあの本を見直していた。

『ルドーク伯爵家の女主人よ、夫の部屋を調べなさい』

三年前、突如として玄関に置かれていた一冊の医学本。それを改めて確かめてみる。

革張りで紺色の装丁はいかにも貴族が好みそうな仕立てで、開く紙の手触りから高級紙と分かる。

本文はこの世界の文字で書かれており、薬草や毒草などについて説明されている。

冒頭に記されていたあの日本語は、どうやら誰かが手書きで記していたらしい。

その唯一の日本語も、文字が黒のインクで書かれていること以外、特筆することはない。

「期待はしていなかったけど……持ち主の手がかりは、ないか」

私は医学本を閉じて、ふう、とため息を吐いた。

本を置いた人物を見つければ味方になると思ったが、とても叶いそうにない。

そのため次は、私が前世で読んだ物語、『禁じられた愛』について、思い出す事にしよう。

今後レジェスを追い詰めていくために、前世の記憶はある程度大切だ。

だから記憶を整理しておこうと思う。

確か、前世であの物語を読んで私は、レジェスや王妃にとある疑問を抱いた。

私が三年も準備をした理由がそこにある。そう、たしかあの物語には……

——チリンチリン！

「っ……もう、こんな時間なのね」

玄関扉の呼び鈴が鳴り、ハッと目を開く。窓の外に目を向けると太陽が沈みかけている。

長考していたせいで、時間をすっかり忘れていたようだ。

「早くお出迎えに行かないと」

今屋敷を訪れたのは、私にとって一番のお客さんだ。

そして、何も持たない私がメリット商家と繋がりを持ち、多額のお金を工面できた理由でもある。

彼を待たせぬよう足早に玄関へと向かい、私は木製扉を開くと頭《こうべ》を垂れた。

「ご足労感謝いたします。ブルーノ公爵閣下」

アッシュグレイの髪をオールバックにした彼は、五十代半ばほどだっただろうか。そうとは思えない凛とした佇まいと、皺《しわ》が刻まれても凛々しい顔立ち、そして精悍な身体を維持している。世間では厳しいと評される彼は、私を見た途端に華やかな笑顔を咲かせてくれた。

「アーシア嬢。手紙に書かれた通りの住所に来たが。本当に離婚してここにいるのだな！」

「はい。閣下がメリット商家に取り次いでくださったおかげです」

「はは！　嬢には儲けさせてもらっている。願いはどんどん言え！」

ブルーノ閣下が持つ交易路や他国への顔の広さは計り知れない。メリット商家は閣下が資金を出しており、この国一の利益を出す商家となっている。もはや国を支える柱とも言える方だ。

私が応接室まで彼を案内する途中、閣下はくすくすと笑って、肩をすくめた。

「しかし、アーシア嬢が離婚か！　こんなに有能な女性を逃すなど惜しいなぁ！　私もあと二十も若ければ……挑戦したかったものだが」

「ふふ、閣下は素敵な奥様がおられるではないですか」

「ふはは！　その通り！　皺《しわ》も愛《う》いと思えるほど今の妻を愛している。もちろん冗談だ！」

本当に羨ましいほど、ブルーノ公爵閣下は奥様を愛している。

私はいつもの惚気を聞きながら、応接室へとブルーノ閣下をお通しした。

そして、まとめておいた紙束を閣下へと渡した。

「では閣下。これが、今回の新作です」

「うむ。拝見しよう」

現代で言う原稿用紙、中身は……私の書いた小説だ。

「では……」

小さな声と共に、閣下はペラペラと原稿をめくる。

そしてあっという間に読み終わり……閣下は大きな吐息と共に目元を押さえた。

「嬢よ……」

「はい」

「天才だ！　相変わらずいいものを書くなぁ！」

「お褒めいただき嬉しく思います」

そう、この国を支える公爵閣下を虜《とりこ》にしたのは、小説だった。

これこそ、私が起こした事業であり、資金源だ。前世の記憶を活かして小説や絵本といったものを書き、ブルーノ閣下からメリット商家を通じて販売してもらい、資金を稼いでいる。

作者名は偽名にしているので、レジェスに見つからぬよう資金を蓄えられたのだ。

「こんな話、どうすれば思いつくのだ！　ふははは！　今回も高値で買わせてもらおうか！」

前世の日本ではいつだって見る事ができて、世の中に溢れていた漫画や小説。

面白さを追求し続けた先人達の知恵や技術の塊が、私の頭の中には残っていた。

もちろん誰にも知られないとはいえ誰かの生み出した物語をそのまま使うのは良心が咎《とが》めたので、この世界で親しみのありそうなテーマで物語を新たに考えている。

こちらでも神話を基にしたような娯楽小説はあったが、ミステリーを基調とした私の物語は随分と新鮮にとらえられたようだ。

特に人気なのは、街中で起きた事件を騎士が推理して解決する物語で、前世でいえば刑事物の話。必死に頭をひねった甲斐もあってか、閣下も虜《とりこ》にできた。

「いつもありがとうございます。閣下」

「なに、感謝するのは私だ。前に書いてくれた絵本も多くの子が喜んでおったぞ」

そう言って閣下はほくほくした表情で原稿を机に置く。慣れたもので、閣下との商談は問題なく進んでいった。私がお代わりのコーヒーを淹《い》れると、閣下はふと顔を上げた。

「——アーシア嬢、もう一つの本題に入ろうか」

「はい」

「メリット商家に渡したという王妃殿下の恋文……あれは本物なのか？」

ブルーノ閣下の真剣な表情に私は頷く。それからまだ持っていた恋文の残りをお見せした。

「……こちらが私の夫であるレジェスが、王妃と交わしていた恋文です」

「そうか。嬢の事だから、嘘ではないと思っていたが……」

ブルーノ閣下は静かに俯き、恋文を暫し読み込んだ後、くつくつと笑い出した。

「ふは、ふはは！　あはは！」

笑っているが、私には分かる。

その瞳には怒りが溢れていた。閣下は怒りを鎮めるために無理に笑っている。

「……舐めておるな。王妃も、その騎士も」

閣下は握った拳で机を叩いた。コーヒーカップが跳ねる。一転して低くなった声に、場の雰囲気が変わる。閣下の怒りが、ビリビリと肌に刺さって伝わってくるようだった。

「王妃とは国母。国を、国王を支える存在であるからこそ、民の血税を用いて不自由のない暮らしを与えられている。私もその王家を信頼し……国の平和と、民の安寧のために身を粉にして何十年も働いてきた」

閣下はそこまで言うと、鋭い眼光を恋文に落とした。

「だが、その王妃殿下があろうことか私欲に走り、騎士と恋など……」

「お怒り、心から共感いたします」

「貴族や、民、王家が高めてきた我が王国の品位を、権威を、信頼を……王妃、そしてそれを守るべき騎士が貶《おとし》めるなど到底許せん」

私はその言葉に深く頷く。

ブルーノ閣下は誰よりも国のために働いてきたのだ、この怒りは当然だろう。

彼は自分を落ち着かせるようにコーヒーを啜《すす》ってから、顔を再びこちらに向けた。

「アーシア嬢、この話を持ちかけたのは、私の協力を得るためだろう？」

「はい、その通りです」

「手短に言え。何をするつもりか」

「私が所有する恋文……この全てを陛下と、国民に届けたいのです」

しかし、ブルーノ閣下が陛下に直接恋文を渡すのではなく、できれば私自身が恋文を国王陛下にお見せしたい。せっかくの証拠、偽物だと疑われるのは仕方ない。それでも、これが本物であると思わせるために、誰かに伝えてもらうのではなく自分の口から陛下に訴えたかった。

「――ですから閣下、陛下と謁見する機会を得るために王宮に入らせてください」

向かうならば回り道などせず、手っ取り早く本丸に向かおう。

レジェスも手出しできぬ王宮へ入ってみせる。

「確かに……不義が事実ならば、それほどの手段を取った方が信憑性も高く見えよう。分かった、明日には準備を済ませよう。準備をしておきなさい」

数時間の説得も覚悟していた私は、閣下のあまりにも早い決断に目を瞠《みは》った。

驚くほどに希望通りの展開に胸が弾む中、慌てて再確認のために問いかける。

「閣下。もしこの件が公になれば閣下が培《つちか》ってきた王室への信頼が落ちることにも……」

「そんな事は気にするな」

「っ！」

「この恋文をメリット商家に渡したのは、私に気を遣うためか？　違うだろう？」

「……はい」

そうだ。閣下の言う通り、レジェスに相応の報いを与えるため、何より無実の罪で断罪される未来を避けるためには、何かに気を遣っていられる余裕なんてなかった。

ブルーノ閣下は、私をまるで孫娘でも見るような優しい目で見るとゆっくりと頷いた。

「それにだ。むしろ王室の不祥事を徹底的に正した方が信頼は得られる。この件が明らかになってからの信頼回復は私達の仕事だ。嬢が気にする事ではない」

「ありがとうございます。閣下」

「うむ。……話は決まったな。すぐに嬢が王宮へ向かう手筈を整えよう」

閣下には本当にお世話になっている。本当にどれだけお礼をすればいいのだろう。

物語を売ったお金は手元にあるけれど……そんなものじゃあ……返せない。

——コンコン。お返しの算段を始めた私の前の机を、なぜか閣下は申し訳なさそうに叩いた。

ハッと顔を上げると、閣下は私を上目遣いで見つめている。

「……嬢。怒らず聞いてくれるか？」

「え、どうかしましたか？」

「怒りに任せて机を叩いたせいで、コーヒーが原稿に付いてしまった！　すまないアーシア嬢！」

原稿に付いたコーヒーの染みを拭い、閣下は一転してペコペコと頭を下げてくる。

小さな染みなど気にしなくていいのに……私が書いたものだから大切にしてくれているのだ。

閣下は政《まつりごと》でも敵とあれば容赦なく追い詰めると聞くが、気を許した相手には優しい。

だから私は閣下を怖いとも思わず、萎縮する事もなく……自然体で笑えるのだ。

「部屋も汚してしまった……嬢、気を悪くしないでくれ！　すぐに清掃の人員を出す！」

「いえ、いいのですよ閣下……それより衣服も汚れております、奥様に怒られますよ」

「ぬわ！　これでは妻に怒られる！」

萎《しお》れた気持ちが一気に軽くなり、思わず笑ってしまう。とりあえずブルーノ閣下のシャツを一旦濡れた布で裏から叩き、また渡しておく。閣下は眉をハの字にして、肩を落とした。

「すまんな。家財まで汚してしまって……」

「いえ、むしろ新品ばかりで落ち着かなかったので、生活感が出て気楽になりましたよ」

「それは良かった……とは言えんな。まったく、嬢は優しすぎるぞ」

ブルーノ閣下は笑いながら立ち上がる。そして再び公爵閣下らしい気品ある表情で私を見つめた。

「嬢。私はお前を信じている。この長い付き合いで嘘をつくような女性ではないと分かっているからこそ、惜しみない協力をするつもりだ」

「感謝しております。ブルーノ閣下」

閣下は原稿を持ち、再び「明日には準備を済ませて遣いを送る」と言ってくれた。

明日、王宮に向かえる。離婚からわずか一日で私はその準備を済ませたのだ。

◇◇◇

翌日。閣下の遣いの方を待つ間、私は一着だけ持ってきていたドレスに着替えると、執務室で『禁じられた愛』のストーリーを思い出していた。

『禁じられた愛』の物語は、護衛騎士のレジェスと王妃が禁断の愛に燃え上がる中、現王の世継ぎである側妃の子が亡くなるところから始まる。側妃の子が亡くなったことで、王は早急に世継ぎを作るために側妃を寵愛し、子を産めなかった王妃サフィラを廃妃にする。

つまり、廃妃をきっかけに、レジェス達は禁じられた愛から解放されたのだ。

だが物語はそれだけでは終わらない。廃妃にされたサフィラは、自身が国王から冷遇されていたと民を扇動し……世継ぎの死から半年という短さで、悪しき陛下を王座から落とすことになる。

私は、その時に彼女を殺そうと邪魔をするちょい悪役だ。

物語は陛下と側妃、そしてレジェスの妻《わたし》を断罪した末に、晴れてレジェス達の恋が成就する。

エピローグでは、断罪から約二か月後、サフィラは子を産んでいた。その子はレジェスそっくりな蒼い瞳の子で、三人の家族は、ひっそりと辺境の地で幸せに暮らす。

確か、そんな内容だったはずだ。

「……思い返せばこの物語、いくつかおかしな事があるのよね」

二点、私が知る状況と物語を照らし合わせると、不思議な点がある。

一つは、王妃サフィラが冷遇されているとは到底思えない事だ。レジェスと恋文を交わせる時点で、彼女の自由は制限されていなかったはずだ。それに陛下とも月に一度は夜を過ごしていたようで、決して寵愛を失っていると思えない。

ならば……なぜ、物語では冷遇されたなどと吹聴して、民を扇動したのだろうか？

前世で読んだ物語と、今私が生きているこの世界では、相違点があるのは間違いない。

「それに……もっと重要な事があるわね」

あと一つは、前世の時から変に感じていたことだ。

この物語には明らかに、おかしな点がある。

それは王妃の妊娠時期にある……

考えをまとめようとした時、窓の外で何かが反射した。

「あら、もう来てくれたのね」

馬車の金具が反射したようだ。立ち上がって見ると、馬車に施された王家の紋章が輝いている。

ブルーノ閣下の手配か、王宮から遣いが来てくれたようだ。私は慌てて玄関へと向かった。


「貴方が、アーシアさんですね。王家騎士団所属のシュイクと申します」

玄関先に立つのは、シュイクと名乗る綺麗な銀色の髪が特徴的で、端正な顔立ちの男性だった。

宝石のような琥珀色の瞳が私を見つめ、人当たりの好い笑顔を浮かべている。

私は、彼が王家騎士団所属と言ったことに驚きを隠せなかった。

王家騎士団はレジェスの所属する近衛騎士団のさらに上であり、王族専属の護衛騎士を指す。

数人しか所属しない騎士団で、その実力は他騎士団から抜きん出ているそうだ。

そんな騎士が、私の遣いとは……閣下、やりすぎです！

どうすればいいか分からず曖昧な笑みを浮かべていると、シュイク様は人当たりの好い笑みを浮かべて私を誘った。

「早速ですが来ていただけますか。朝のうちに王宮へと入りたいのです」

「分かりました。お願いいたします。シュイク様」

……まぁ、驚いていても仕方ない、閣下の遣いなら気負わず従おう。

彼に連れられるまま馬車に乗り込めば、すぐに走り出した。

シュイク様は私の向かいに腰かけると、声を低めて聞いた。

「事情は聞いております。あの恋文は……本物ですか？」

その問いに、私は無言で頷く。それから彼を見上げた。

「王家を貶《おとし》める行為だと止めますか？」

「いえ、僕だって王妃殿下の不義が事実なら怒りを抱きます。ただ、正直に言えばこのままでは貴方が危険だと思います」

シュイク様は車窓の外に目を向けてから、言葉を続けた。

「今回の告発がなされれば確かにレジェスは疑われ、王妃の護衛を外されるはずでしょう。しかし明確な不義の証拠がなければそこまでです。王妃が不義を行っていたとするには証拠不十分だと思われる可能性があるかと」

シュイク様の言う事は、確かにその通りだ。恋文だけでは、リスクがあまりに高い。

だけど……それを踏まえて行動しているのは、確かな勝機があるからこそだ。

私は、シュイク様にわずかに微笑みかけた。

「シュイク様。私は、王妃とレジェスの姦通の証拠があるからここまでしているのですよ」

「……え？」

そしてその証拠こそが、『禁じられた愛』を読んだ時に私が覚えた明確な違和感の正体だ。

あの小説では世継ぎである側妃の子が亡くなってから王妃が廃妃されていた。

そして王妃が民を扇動して陛下を断罪するまで、約半年。

その断罪から二か月後、レジェス達の子が産まれた。……ここまでで、明らかな違和感がある。

廃妃されてから出産まで、十月十日経っていないのだ。

つまり王妃は廃妃となる前から子を妊娠していた可能性があるということ。

小説通りならば――王妃はレジェスそっくりの、姦通の証拠となる子を既に孕んでいるはずだ。

もちろん妊娠の期間に揺れがあるのは承知の上だが、私には王妃は妊娠しているという、とある確信があった。

「今は言えませんが、確かな証拠があるはずです」

「……本当ですか？」

なぜなら……ちょうど今から十日後が、小説ではお世継ぎ様が亡くなる日となっている。

小説で明確な記載はないが、年月は記載されていた。

この世界に生きる私なら、おおよその日付が分かる。

そして二か月程前に、レジェスが夜に帰ってこなかった日を確認して、状況証拠は揃った。

王妃――サフィラ。彼女が妊娠したとなれば、王家は動かざるを得ない。

姦通した揺るがぬ証拠を身に宿しているのだから。

三年という準備の期間を設けたのも、こういった理由でもあった。

王妃が妊娠するまで、ずっと、ずっと待っていたのだ。

息を呑んでいたシュイク様は、険しい表情で首を横に振った。

「そもそも恋文が事実としても、王妃は有力な公爵家令嬢です。不都合な証拠を揉み消すなどたやすく行われてしまう。王妃が疑われる状況にまでもっていく事すら困難かもしれません」

彼がまっすぐに私を見つめている。本心から心配してくれているだろうことが分かって、少し心が温かくなった。私は目いっぱいのお礼を込めて彼に笑みを向けた。

「真剣に考えてくださったこと、本当にありがとうございます。でも……そんな事は分かっておりました。だから……準備をしたのですよ」

「準備……？」

「証拠を揉み消せない世の中に、私が変えるのです……今日、この日に」

その時、ちょうど始まった。

馬車の車窓の向こうにひらりと白いものが映る。

それから、多数の紙が空を舞っていくのが見えた。

大量に舞うそれらは、私が王妃とレジェスに挑むための一手目だ。

「これは……」

シュイク様は車窓を開くと舞っていた紙を手に掴んだ。それを持って目を見開く。

同時に、窓を開けたことで外からの声が馬車の中に飛び込んできた。

「――号外！　号外ー！」

「――王妃と、近衛騎士団長の禁断の愛を示す恋文！　メリット商家が入手した驚きの号外だよ！」

人々が集まっていく中で、そう叫んでいる男達には見覚えがある。メリット商家の人間だ。

彼らが先導し、あちこちで恋文の写しが記載された号外がばらまかれていく。

あまりにも刺激的な文言と、嫌でも目に入ってくる数の号外に、民衆達も騒ぎ始めていた。

「確かに、王妃殿下はパレードでも近衛騎士と距離が近かったよな！」

「おいおい、本当ならとんでもない事だぞ！」

一度疑いの眼差しが起きれば、噂は広がって止まらない。

これが今日……同時多発的に王都中で起こっているのだ。

シュイク様は息を呑み、怖いものでも見るように私を見つめた。

「これは……貴方が？」

「ええ、シュイク様。これでもう……国王陛下でさえこの事件を隠蔽などできませんね？」

「は、はは。とんでもないな、貴方は……恐ろしい」

レジェスと離婚した日、私はメリット商家へ文官に恋文を渡しておくように頼んだ。

しかし、もし王妃に協力者が居るならば、それらは揉み消されているだろう。

だからこの手段をとった、これで恋文があったことを揉み消すなど不可能だ。

これこそ始まりの狼煙《のろし》となる。

相手は王妃、貴族籍すらない私とは桁違いの権力を持つ相手。

彼女に協力者がいるのなら……国家を揺るがす力を持っているに違いない。

対して私が持っているのは、三年で培《つちか》った人脈と資金だけ。

でも、これで十分だ。

それだけで、徹底的に彼らを潰す準備は済ませている。

本来ならば秘められるべき恋文を皆に公表するなんて、酷いと言われるだろうか。

でもねレジェス……私を虐《しいた》げながら王妃と不倫した貴方が悪いのよ。

前世で見た桜吹雪のように舞い散る恋文を見つめながら、私はそう考えた。


これは誰の物語・一（レジェス side）

これは夢か？　そうだと言ってくれ。

離婚を告げ、アーシアが出ていった。あんな女から脅迫まで受けたことに苛立ちながら執務室に入ると、あの女に任せていた大量の書類の残骸が目に飛び込んできた。

「アーシア、こんな事まで……」

怒りが沸き立つ。今すぐにでも騎士団を動かして投獄してやりたい。

しかし、それはできない。……王妃であるサフィラ様との関係を知られてしまったからだ。

身よりもないアーシアに、王家へと不義を告発できる伝手や手段はないだろう。

しかし、一連の行動を鑑みれば、あの女は小賢《こざか》しい。

もし下手に彼女を拘束すれば、恋文の件が公になりかねない。それだけは避けねばならなかった。

「してやられたな……くそ」

部屋に撒かれた書類の数々は、本来なら俺がすべきもの。アーシアが我が家の一員ではなくなったらやり直さねばならないものばかりだ。彼女はそれを狙って破いたのだろう。

「離婚するために……ここまで準備していたか」

手からこぼれ落ちていくバラバラの書類が、胸に絶望を植え付ける。

王妃の護衛を維持するためには、既婚者でなくてはいけない。だからアーシアは必要だった。

それに彼女は昔から要領よく、器用に物事をこなすから執務も任せられた。

社交界でも高嶺の花であった彼女と婚約できた事は幸運だった。それに彼女の献身ぶりは騎士団でも称される程で……サフィラ様に操《みさお》を立てた心が揺らぐ事もあった。

そんな彼女の存在こそが、俺が王妃と不義などするはずないという、よい隠れ蓑であったのに。

しかし、失ったものに執着心を持っても仕方ない。

そう自らに言い聞かせ、俺は執務室だった部屋で低く呻いた。

「どうせ困るのはアーシアだ……離婚した今、もう関わる事もない」

そうだ、俺はもう五年も王妃の護衛騎士を務めているのだ。

王家に信頼されている俺が、離婚したからといって護衛を外される心配はないだろう。

むしろあの女が居なくなれば……サフィラ様が嫉妬することがなくなり、きっと喜んでくれる。

そう自分に言い聞かせて不安を追い払い、俺は書類を修復するためにその日を費《つい》やした。

結局、翌日になっても書類の修復は一向に進まず、使用人もいないために衣類の替えもない。

仕方なく、俺は昨日の衣服のまま王妃の護衛へと向かった。

アーシアへの怒りは残るが、王宮内の妃の私室前に立てば、自然と胸が躍る。

「サフィラ様、俺です」

「っ!! レジェス！」

ノックをすると、部屋から鈴の音のような可愛い声が響いた。

弾む心のままに扉を開くと、薔薇のように真っ赤な髪を揺らしてサフィラ様が抱きついてくる。

彼女は黒曜石のような黒い瞳に俺を映して、艶のある笑みを向けた。

「待っていました。昨日は急に屋敷へ帰還したから、心配していたの」

「すみません、色々とあったのです」

「色々？」

「はい。しかし、その前に……」

周囲を確認し、誰もいないのを確かめてから扉を閉める。

そして、彼女の髪に触れながら口付けを交わした。禁じられているこの熱情に背徳を感じずにはいられない。しかし……それこそが俺達の仲を熱く燃え上がらせている。

「サフィラ様、今日のキスです」

「ふふ、もう一回して。レジェス」

もう一度、また一度とキスを繰り返し、お互いに愛を伝えながら俺達は見つめ合った。

「俺はサフィラ様を愛しています。妻などよりも」

「私も。レジェスだけを愛しています」

サフィラ様は同情を禁じ得ないほど、不遇な王妃だ。

十八歳で陛下と結婚し、二年経っても子供が産めないからと、側妃が召し抱えられた。不幸にもその側妃が先に世継ぎを産んでしまい……サフィラ様は陛下からの寵愛を失ったのだ。

今では交流は月に一度のみで、そこに愛などないと彼女は語った。

そんな境遇で悲しむ彼女を城内で見た時、心配して話しかけたのがこの関係の始まりだった。

そしてサフィラ様を救いたいと努力を重ねて、今はこうして彼女の護衛となっている。

「どうにかしてサフィラ様と添い遂げる道を探します。もう少し待ってください」

「レジェス……ありがとう。でも大丈夫よ、いつか必ずその日は来るから」

サフィラ様は意味深な言葉と共に微笑み、再び口付けをせがむ。

いつも以上に熱烈なアプローチに興奮が止まない。

「だ、駄目です。サフィラ様……」

「ふふ、また前のように……夜に来てくれてもいいのよ？　監視をごまかすから」

「それは……」

鳥かごに囚われて悲しむ彼女が元気になってくれるならと、俺はすでに禁忌も犯していた。

愛を欲する彼女のために子種だって捧げている。しかし、彼女は何年も妊娠ができていない身だ。数度だけの関係では事態が急変するとは思えない。むしろ、俺からの愛を受けられずに泣いてしまうサフィラ様を見る方が辛い。だから……禁忌を犯す事に抵抗はそれほどなかった。

「ではまた、いつか……夜に」

「じゃあ今日は、レジェスの妻のお話を聞かせて。私の愛しい人を求める馬鹿な女の話をね」

うっとりとした表情で、アーシアの話を求めるサフィラ様を見て、ハッとした。

「実は……その事ですが」

アーシアが出ていったこと、そしてそれに付随する問題を話す。

サフィラ様を心配させぬようにある程度はぼかして話していると、外から足音が近づいてきた。

慌てて彼女から身を離すと、せわしないノックと共にこの国の大臣、ウーグが部屋に入ってきた。

「レジェス殿、やはりここに……」

「ウーグ大臣、どうしました？」

「すぐに部屋を出てください。貴方はすでに離婚したと報告を受けましたよ」

な……もう、知られているのか？

思わぬ言葉に目を瞠《みは》りつつも、胸に手を当てて騎士の礼をとる。

「私はサフィラ王妃殿下を五年も護衛しています。私が傍にいる方が妃殿下も安心かと――」

「そうも言っていられない。とりあえず来るんだ。少なくともお前の護衛の任は解かねばならぬ」

「え……？　何が……？」

大臣の焦った様子に胸がざわつく。とりあえず、今は言う通りにするしかない。

「サフィラ様、少し行ってきます」

甘い時間を邪魔されたことは惜しいが、呼ばれたならば応えねばならない。そう思って振り向くと、彼女は大粒の汗を額から流していた。何かに動揺しているのか、目が泳いでいるように見える。

「サ、サフィラ様？　何が……」

「どうして……なんで離婚してるの？　違う。物語通りじゃないわ。私が主役で幸せになれるはずの……これは完璧な物語で……」

——何を、言っているのですか？

そう尋ねようとしても、俺は大臣に連れられてその場を離れるしかなかった。

◇◇◇

「一体どうしたのですか。ウーグ大臣」

部屋を出てすぐにウーグ大臣に問いかけると、彼は俺に一枚の紙を渡した。

それを見た瞬間に、心臓が跳ねる。

見紛うはずもない、サフィラ様から送られていた恋文そのものだった。

「こ、れは？　どうしてウーグ大臣が……」

「今朝、我が国の文官の元へ送られてきたようだ。すでに文官同士では話が広がっている」

なぜ、どうして。いや……行きつく答えは一つのみだ。

アーシア、奴は恋文をまだ持っており……なんらかの方法で文官達に送ったのだ。

「あれほど、王妃からの文は徹底して処分しろと言ったはずだ！」

「っ!!」

ウーグ大臣の怒鳴り声に身をすくめる。彼は俺と王妃の関係を知った上で協力してくれていた。

今まで王妃との関係が続けてこられたのも、彼が多くを揉み消し、裏で工作してくれたおかげだ。

こんな大それた事をしてくれる理由を聞いても、大臣は『王妃のため』と、多くを語らない。

しかしきっと俺と同じくサフィラの冷遇を憂《うれ》えている一人なのだろう。

だからこそ、彼に黙って恋文を保管していたこと、そしてそれがアーシアの手に渡ってしまったのを悔やむ。

「申し訳ございません……まさか、このような……」

「今は私が話を抑えているが。こんな事が続けば止められん」

緊迫した大臣の様子に胸がざわつく。大丈夫だと思っていた心に荒波のような焦りが生まれる。

「へ、陛下にはこの話は？」

「まだ隠し通せている。だが、これが二度もあれば、もはや抑えられん」

「ど、どうすれば……」

「どうすればだと？　少しは自分で考えろ。これだから世襲の貴族は……」

「しかし、俺に出来る事など！」

「とりあえず、お前は王妃の護衛を離れて、此度の事を収めよ！」

「そ、そんな！　俺はサフィラ様の傍で……」

「そんなことを言っていられる状況ではない！　お前はすぐこの恋文を王宮に持ち込んだ者を探し出せ！　私は出来ることをする！」

そう言ってウーグ大臣は、俺の胸に手紙を押し付けてどこかへ去っていった。

大臣の言う通り、こんな恋文がこれ以上広まれば陛下の耳に届いてしまう。

王妃と禁断の愛を犯した護衛騎士。そんな存在を厳格な陛下が知れば、どうなるか想像は容易い。

「——すぐに」

今すぐアーシアを止めねば。そう思い立ってすぐに、彼女を捜索させるために近衛騎士団の騎士を呼び集める。人海戦術ですぐに彼女を見つけ出す予定だったが、その人数を集めるのに一日をかけた事で、俺に最悪の報告が届いてしまった。

「団長、報告があります」

手配して集めた騎士の一人が、酷く曇《くも》った表情で挙手をする。

「なんだ。どうした」

「……こんな号外が王都に出回っているようです」

そう言って、騎士がバサリと紙を置く。

内容を見て、荒波であった焦りは今や津波となり……冷や汗が止まらない。鼓動が鳴り上がる。

こんな事が……嘘だ。まさか、嘘だ、嘘だ……嘘だ！

「メリット商家が、団長と王妃が恋文を交わしていると号外を広めています……」

「そんな、馬鹿な……どうしてこんな事が……」

「これは、本当なのですか？　団長！」

騎士団員の問いかけに、返す言葉を失う程に狼狽してしまう。

アーシア、どういうことだ。お前がいなくなってたった二日で、どうやってこんな事を……

どこまで準備してきた？　こんなの、想像を超えている。

止めようにも、もう彼女の行方を知る事もできない。

彼女を捜すために集めた部下達はもう、俺に冷たい視線を送ってくるのだから。

「団長！　説明してください！」

問い詰める声に、どんどん手の温度が下がっていく。

どうすればと迷っていた時、救いのような声がかかった。

「ルドーク近衛騎士団長。お前に用がある」

声をかけてきたのは……近衛騎士団とは別の所属——王家騎士団……王家を守るための専属騎士だった。まるで福音のように聞こえたその声に、俺は部下達を背にして駆け寄った。

「いかなるお召しでしょうか」

「レジェス。陛下がお呼びだ」

——それがさらなる地獄への招待であるとも知らずに。

城内の階段を上がり、王家の直属騎士と共に玉座の間に入ると、彼に背中を押された。

つんのめるように突き進めば、陛下が窓から王都を見つめているのが見えた。

「ガイラス陛下。レジェス・ルドークを連れてまいりました」

「陛下……お、お呼びでしょうか」

王家騎士の言葉に慌てて跪く。

スフィクス王国の現王──ガイラス陛下は、俺の言葉に振り返り、こちらを見下ろした。

純金の輝きを持つ髪に、鮮血をイメージさせる紅の瞳。

その視線から受ける威圧感に、思わず顔を伏せた。

「ルドーク。呼び出した理由は分かるな」

低い声に息を呑む。動揺を気付かれまいと平静を装いつつも、背中に汗が流れるのを感じた。

いや、恋文がばらまかれたといっても……あれが事実という証拠などない。

大丈夫。そう、大丈夫のはずだ。だから俺が今やるべきは、徹底的に否定することのみ──

俺は勇気をもって顔を上げると、陛下に向かって声を張り上げる。

「陛下、あれは事実ではありません。前妻アーシアが俺を不当に恨み、虚偽を広めております」

回答を許されていないのに声を上げるのは不敬だが、制止の声はかからない。

陛下は俺を信じてくれているのだ！　ならばと、さらに声を張り上げる。

「聡明な陛下ならば、ふざけた虚偽に騙されぬはず──」

「──黙れ」

しかし、それは幻想だった。

陛下が一言発した瞬間、背後に居た騎士が剣を俺の首元に突き付ける。

「よく回る口だな……勝手に発言をするな」

「も……申し訳ございません！」

「貴様は、大人しく余の質問に答えろ」

陛下は呟きと同時に俺に紙を投げつけた。先ほども見た恋文の写しだ。

しかし、それは写しにすぎない。俺が不義をした証拠になるはずがない。

なのに俺を見下ろす陛下の瞳が恐ろしい程に鋭くて、心拍数は上がるばかりだ。

口の中が酸っぱくなり、肩を縮める。陛下は、そんな俺を見つめながら静かに口を開いた。

「なぁ、ルドーク。お前から見て……王妃サフィラは不憫に見えただろうか」

「そ、それは……」

「王妃の役割とは、単に王の妻である事だけではない。愛されるだけが役割ではない。王の傍で民に慕われ、敬われるべき存在だ。つまりは国民の母とも言える」

「わ、分かって……おります」

「もしその王妃を汚したなら、お前やサフィラは……我が民からの信頼を踏みにじったも同然だ」

「ち、違います！　俺は何もやましい事は……」

「……正直に言え」

ガイラス陛下はゆっくりと俺に近づいてしゃがみこむと、ためらいもなく喉元を掴んだ。

指が喉仏に喰い込み、呼吸ができなくなる。全身が沸騰しそうな程に血流が高まっていく。

陛下はそんな俺を見つめながら、さらに手に力を込めた。

「この恋文、お前は本当に覚えがないのだな？」

「は……は……」

「答えろ」

そう言って、ガイラス陛下が手を放すと、どっと肺に空気が流れ込んだ。

俺は咳き込むのを必死に堪えつつ、陛下に視線を向けた。

「お、覚えがありません。本当です！」

答えた後、陛下の瞳が鋭く俺を睨みつけたまま、しばらくの時間が流れた。

沈黙の中で、陛下はため息を吐く。

「確かに、この恋文だけでは判断はできないな。決定的な証拠ではない」

「は、は……い。ありがとうございます……陛下」

「それでは、この恋文を撒いたアーシアという女性が……我が王妃を貶《おとし》めたということか？」

「は、はい。その通りです！」

陛下の声色が優しくなっていることに、俺は安堵した。

当然だろう、俺は長年にわたって近衛騎士団長を務めた実績があるのだ。

あの女に、その信頼を覆されるはずがない。

俺は先程の痛みを忘れて、陛下を見上げる。

「では、王妃を貶《おとし》めた女性への処罰はどうすべきだろうか。ルドーク」

ああ、笑いがこみ上げそうだ。アーシア、残念だな。俺はこの好機を逃しはしない。

陛下は俺を信じ、さらにはお前の処罰を尋ねているのだから。

ここは従順な護衛騎士らしく、しばらく考える素振りをみせて口を開く。

「王妃殿下を貶《けな》すことは、陛下のおっしゃった通り王家への信頼を損ねる……恐ろしい重罪です」

「そうだな」

「つまり、その罪にはより惨たらしく……重い処罰——拷問の末の死刑を与えるべきでしょう」

「あぁ。確かにそうだ」

陛下は、俺の言葉に重々しく頷いた。

提案した処罰を満足げに聞いてくれている様子に、思わず頬が緩む。

これで……アーシアは易々と消えよう。俺とサフィラ様はこれまで通りに愛し合い続け——

しかし陛下は次の瞬間、信じられない言葉を放った。

「ではルドーク。お前が王妃の身を汚した証拠をもしアーシアが示せば……その刑をお前に科す」

「…………え？」

「お前が自ら言ったな。王家を侮辱した者には……重い処罰を与えろと」

全身が凍り付くような感覚に襲われる。

陛下の瞳は先程と同じく冷たいままだと、今更になって気付いた。

「余も王宮に目を向けられなかった落ち度がある。だからこそ改めて襟を正し、此度の騒動の真偽をハッキリさせよう」

「……俺を、信じてくれたのではないのですか？」

「まだ判断などできん。彼女が相応の証拠を示せば、信用の天秤など簡単に傾くだろうな」

はなから陛下は、俺を信じてはいなかったのだ。むしろ疑いを持ち真偽を見定めていただけ……

なら俺は何も言い逃れできていないに等しい。

「ルドークよ。お前には暫しの間、逃亡と証拠の隠蔽を避けるため監視を付ける。王妃との接触も禁ずる」

「陛下！　話を聞いてください。俺は……」

「下がれ、もうお前の話は必要ない」

「し、しかし！」

「下がれ」

陛下が視線を向けると、王家の騎士が俺の肩を掴み、まるで罪人を引っ立てるように引きずる。

な、何も出来なかった……

疑いを晴らすなど俺には出来ず、つまらぬ言い訳しかできなかったのだ。

まるでこうなることを知っていたのか、王家の騎士達が俺を取り囲む。

再度の謁見など叶わぬと知りつつも、俺は周囲の騎士達に無実を叫び続けるしかなかった。

第三章　示す証拠

あれだけ号外が民衆の手に渡ったのを確認出来たら、王城へ来た後の行動はすぐに決まる。

私は馬車から降りると、深く息を吸った。

国王陛下との謁見許可もすぐに下り、案内されるまま王宮へ進み入る。

目に入ったのは煌《きら》びやかな装飾に、鮮やかな色彩の彫刻が施された壁。

王国の権威や力を見せつけるような豪奢な装いに感嘆の声が漏れる。

「アーシアさん、こちらです。陛下の待つ玉座の間へ向かいます」

ブルーノ閣下のおかげで王城まで来られて、陛下との謁見もすぐ叶った。

シュイク様に連れられるまま、順調な展開に軽快な足取りで進む……が。

「っ……!!」

対面の通路から、見知った顔が近づいたことに息を呑んだ。

そこに居たのは、多数の騎士に囲まれて連行されるレジェスだったのだ。

先を行くシュイク様が立ち止まり、私に囁きかける。

「……どうやら、さっそくアーシアさんの恋文が効果を発揮しているようですね」

「ええ、思い通りに進んでいそうです」

本当に、情けない程にレジェスは取り乱していた。

いつも整えられていた髪は乱れ、拘束された状態で無実だと必死に叫んでいる。

「拘束している先頭は、僕と同じ王家騎士団の……ヴォルフ団長です」

「あれがヴォルフ様……」

騎士団に無知な私でさえ、その名を聞いた事がある。彼は賊の討伐、王宮内の暗殺者の捕縛など……多くの実績が陛下に認められた、まさに王家の懐刀と言える人だ。

精悍な顔立ちに、金色の髪から覗く、アメジストのような紫色の瞳がレジェスを睨んでいる。

「そのヴォルフ団長をルドーク殿の捕縛に使うということは、陛下は此度の騒動を重く受け止めていらっしゃるのでしょう」

シュイク様がそう呟いた瞬間、こちらに近づくレジェスが私を見つけた。

目が合った途端、彼の顔が怒りで紅潮していく。

「アーシアァァァ!!　貴様ぁぁ！」

叫んだ彼は、私のほうへと走り出そうとしたが——ヴォルフ様があっさりと彼の顔を掴み、床に叩きつけた。

「止まれ。誰に許可を得て動いている」

「あぁ……ぐ、くそっ！　俺は無実だ。本当に……」

レジェスは無様に床に這いつくばり、鼻血を流しながら顔を上げた。

ヴォルフ様はそんなレジェスを見下ろして、淡々と告げる。

「無実かどうかは陛下がお決めになる事だ。黙っていろ」

「アーシア。お前は必ず処罰を受けるぞ。恋文を捏造したのだろう！　それでは……俺が王妃と不義を果たした証拠にはならな――」

「残念。号外は写しでしたが、本物の恋文もございますから」

私はそう言ってトランクをポンと叩いた。レジェスは目を見開き、絶望した表情になる。

「やはり……まだ持って……」

「レジェス。これは陛下にお見せしておきますね？」

「やめっ………くっ！」

再び私に向かって立ち上がろうとした彼は、ヴォルフ様に再び床へと押し付けられた。

「アーシア嬢。陛下との謁見に急がれた方がよいのでは？　ルドークはもう終えている」

ヴォルフ様に名前を呼ばれて、ハッとする。

確かにこんなところでレジェスと話している暇はなかった。

私は慌ててカーテシーの姿勢をとり、ヴォルフ様を見上げた。

「失礼いたしました。すぐに向かいます」

私とレジェスで謁見のタイミングを分けられた理由は察しがつく。対面して、やった、やっていないの平行線となるよりは、一人ずつ両方の意見を聞きたいのだろう。

すぐに玉座の間へと向かおうと歩を進めると、ヴォルフ様の紫の瞳がこちらを見つめていた。

「これから君を陛下が見定める。下手を打てぬ場だとは承知しているな？」

「問題ありません、陛下へ提示する証拠は揃っておりますから」

「……まるで物怖じしていないな」

私の態度に、ヴォルフ様がフッと笑う。

「堂々としているのは、いい事だ」

そう言うと、ヴォルフ様はいまだに暴れているレジェスを立ち上がらせ、連れていく。

そして私の横をすれ違う瞬間……彼は小声で呟いた。

「物語を変えろ。応援しているぞ」

「えっ!?　何を……？」

今明らかに、ヴォルフ様は物語と言ったような？

振り返ると、彼はニヤリと笑って人差し指を立てた。

「謁見後に会おう。まずは陛下からの信用を得るんだ」

気になる事は多いが、今はヴォルフ様の言う通りにするしかない。

当然ながら陛下は私も疑っているはずだ。王妃の恋文に信憑性を示せなければ、王家を侮辱したのは私の方になる。一つ間違えれば訪れるのは、物語よりも早い断首だろう。

しかし怯えることなく、私はヴォルフ様に微笑んだ。

「大丈夫です。王妃という権力に打ち勝つための算段を持って、ここに来ていますから」

「健闘を祈っている」

三年間、準備をしてきた。

だから凛と背筋を伸ばして、私は玉座の間へと向かった。

◇◇◇

玉座の間へ入ると、玉座に腰かけていたガイラス陛下が私を見つめた。

赤い瞳の鋭さに一瞬どきりとしたが、胸を張ってカーテシーの姿勢をとる。

「……レジェスと違って堂々としているのだな」

ひとりごとのように陛下が呟いた。それから「謁見の理由を述べよ」と短くこちらに告げた。

ブルーノ閣下とはまた違う、この国を支えてきた方の貫禄を身に染みて感じながら、私は姿勢を崩さぬまま口を開いた。

「お初にお目にかかります、ガイラス陛下。私が此度の騒動を引き起こしたアーシアと申します。家名はすでにございません」

「面《おもて》を上げよ。お前が、王妃の恋文を王都に晒《さら》した当人か」

その言葉に頷く。瞬間、当然ながら陛下の視線が鋭くなる。

陛下の鮮血を思わせる瞳に嘘は吐かぬと誓うように、私はまっすぐに見つめ返した。

「乱暴な手段を取ってしまいましたが、王妃殿下の不義は事実であると誓います。私は王家や国民達への侮辱を行う彼らを告発したのです」

「それを示す証拠を出せ。虚言ならば誰でも言える」

「かしこまりました」

私はトランクを開き、今までレジェスが王妃から受け取っていた恋文を床に並べていった。

ざっと五十通……ズラリと横に並べれば、圧巻なほどの量だ。

「全て、王妃殿下であるサフィラ様から護衛騎士であるレジェス・ルドークに送られた恋文です」

しかし、陛下はそれを見ても表情一つ動かさなかった。

「そんなものはいくらあっても意味をなさぬ。王妃の字を真似て虚偽の文を作れんこともないだろう。お前が示す証拠がそれだけならば、信憑性は薄い」

陛下の言葉に頷く。恋文の実物だけでレジェスは恐れていたが、もちろん第三者から見れば、まだ疑わしいだろう。

「では、これらの手紙が偽物ではないと示す根拠をご説明しましょう」

「何？」

私は微笑みながら、並べた中から適当に一通手紙を手に取り、その中の一文に指をさした。

「この恋文に記載された日付。それらは全て……レジェスが王妃殿下の護衛をした日です。さらに王妃殿下から彼が護衛した事についての感想が記されています」

「それが、なんだ」

「王妃殿下の護衛とはレジェスだけでなく、数人が日を入れ替えて担当すると聞きました。しかしいつ誰が護衛を担当するかは、護衛者本人しか知らされません。つまり、私では知り得ぬレジェスが王妃殿下を護衛した日付と内容が記されていることは、この恋文が本物である証拠です」

陛下は腕を組み、しばらく考えた後に私へ問いかけた。

「ルドークの妻ならば、護衛した日を知る事もできたのでは？」

会話のない私とレジェスにはあり得ぬ事だが、ここで陛下に彼との不仲を訴えても仕方ない。

だから私は、恋文から導いていたもう一つの確証を提示することにしよう。

陛下の問いに首を横に振り、手紙の中から五通を選んで隣に立つシュイク様に差し出した。

「そこで、今度は日付ではなくこちらの中身をご確認いただけますでしょうか」

「何？」

「こちらの恋文は、王妃殿下がレジェスに対して装飾品を購入したと報告する内容でした。そこには宝石の色、仕入れた国、値段まで書かれています。他にも、他国との式典など王妃の政務日まで記載がある手紙もありました」

「……なるほど」

シュイク様が陛下に手紙を手渡す。

手紙を一瞥した陛下は私の意図を分かってくれたようだ。頷く姿に、私はさらに声を張り上げた。

「陛下もお気付きになったはずです。これらは全て、王妃殿下にしか書けぬ情報だと。日付や情報をどうかご照合ください。そうすれば、おのずと恋文の信憑性は担保されるかと」

私の言葉に、シュイク様や謁見を見守っていた文官が目を見開く。

「どうでしょうか、陛下。……これが私の示す証拠です」

「……なるほど、ここまで示されたなら、余もただ突き放すことはできんな」

陛下は立ち上がり、恋文をいくつか手に取る。

その瞳には一転して怒りの色が含まれ始めていた。

「この恋文に記載された日付、王妃の装飾品などを確認せよ。他部署を集め、複数人でだ。隠蔽はさせぬよう厳重に管理しろ」

「「はっ!!」」

文官達が慌てて床に置かれた恋文を拾い集めている……時だった。

「ガイラス様、王都で――」

バンッと玉座の間の扉が開かれ、王妃――サフィラ妃が入ってきた。

レジェスの不義相手である彼女は、薔薇のような紅い髪を揺らす。

黒色の瞳に怒りを滲ませた彼女は、信じられないものを見るように私を睨みつけた。

「王都で偽の恋文がバラまかれているとお聞きしたのですが、……どうして彼女が陛下と謁見を？」

その言葉に陛下は落ち着き払った声で答えた。

「彼女は、その恋文が偽りではないと私に証明するために、ここを訪れた。そして今まさに証明を終え、調査のために文官を動かすところだ」

「なっ！　陛下、恋文に確証となる事実などございません。……いかなる内容であっても、文官や近衛騎士団に協力者がいれば偽装できるはずですわ」

……王妃の私的な事情を知り尽くしている文官や護衛騎士がいたとしたら、それはそれで問題だろう。私はわずかに顔を顰《しか》めつつ、サフィラ妃の方を向いた。

「サフィラ妃殿下。それは厳しい言い分では？」

「黙りなさい。王妃である私を貶《おとし》めた罪を、貴方にはすぐに償わせてあげる」

取り付く島もなく、サフィラ妃はガイラス陛下に甲高い声を上げながら縋りついた。

「ガイラス様！　私を信じてください！　王妃として侮辱された私を守ってくださいませ！」

サフィラ妃の悲痛な叫びを受け、陛下は立ち上がると、彼女の髪を撫でた。

一見すると愛を示す行為だが、私には陛下の冷たい瞳が見えていた。

「当然だ。王家を貶《おとし》めた者には極刑を与えねばならん。そうでなければ我らは国民達の信頼を失う」

「はい！　その通りです」

陛下の温和な口調に、サフィラ妃は安堵の息を漏らす。

しかし……

「お前には、アーシアの証拠が虚偽だと自信があるのだろう？」

「え、ええ」

「ならば……お前は王妃として堂々と振る舞い、毅然と対応しろ」

突き放すような言葉と共に、陛下はサフィラ妃を睨みつけた。

そして再び玉座に座り、私に視線を向ける。

「そこのアーシアは十分な証拠を示した。そして調査を余が決めた。無実なら怯えず結果を待て」

陛下の言葉を聞いて、サフィラ妃は愕然とした表情になった。

「なぜ私を……信じてくれないのですか」

「信じる事と、調べぬ事は違う」

至極当然だ、現時点では陛下は誰にも味方はしていない。

至って均等に、私達全員を疑ってくれている。

この状況は……さらに決定的な証拠を差し出すには好都合だろう。

私はすっかり空になった床に視線を落としてから、陛下と視線を合わせた。

「陛下、私はまだ……十分な証拠を示しておりません。より明白に、王妃とレジェスが姦通したと示す証拠がございます」

こちらを見つめる全ての視線に射貫かれながら、私は視線を王妃の腹部へと流す。

さぁ、全て明らかにしよう。貴方が妊娠するまでの三年間を、私は待ち続けたのだから。

「な……何よ？」

王妃の動揺と共に、皆の視線がサフィラ妃に集まる。

私は、わずかに息を吸い込んでから用意していた言葉を告げた。

「王妃様は……レジェスとの子を妊娠しております」

「なっ……」

途端に玉座の間がざわついて、皆が一斉に王妃へと視線を集める。

陛下も鉄仮面のようであった顔に、困惑を浮かべていた。

「陛下、サフィラ妃殿下にここ二か月ほど……月のものが来ているかお聞きしてみては？」

「……答えろ。サフィラ」

陛下の質問に、サフィラ妃は冷や汗を額に浮かべて床に視線を落とす。

確証はある。なにせ私は、レジェスと王妃との恋文で夜を過ごした日を把握しているのだ。

加えて『禁じられた愛』の物語通りなら、彼女が妊娠している事は間違いない。

「な、何言っているの。私は……」

「サフィラ妃殿下、医務官に調べてもらえば分かる事ですよ？」

隠し立てするなと言葉に込めれば、サフィラ妃は俯き……ゆっくりとお腹を撫でた。

「た、確かに……妊娠は……しております」

「なんと……！」

玉座の間がざわつく。陛下は思わずといった様子で立ち上がり、サフィラ妃の両肩を押さえた。

「本当か？　サフィラ」

「はい。隠していて、申し訳ございません……」

謝罪と同時に、サフィラ妃は言葉を続けていく。

その瞳は諦めておらず、陛下に訴えかけるように涙を滲ませている。

「ですが、陛下との閨《ねや》で実った子宝です。やっと貴方の子が妊娠できたのです。陛下！」

「ならばなぜ、余に報告をしなかった」

「それは……医務官がまだ確定ではないと報告しなかっただけかも……しれません」

「……そんなはずがない。そもそも余が知らぬなどありえんのだ」

陛下の言う通り、サフィラ妃の言い訳は苦しい。

王妃の妊娠などは、医務官が調べて、結果を逐一報告する義務がある。

この王国では世継ぎの懐妊を王国全体が待ち望んでいるのだ。妊娠という一大事である報告が陛下に届く前に止まるなど、本来ならばあり得ない。

ならば、その報告が誰かによって口封じをされていたとしか思えなかった。

「すぐに医務官に聞き取りせよ！　――アーシア、お前はこの事実をどこで知った⁉」

「陛下、私は情報源を言えません。自ら不利になる証言はできませんので」

サフィラ妃に協力者がいれば、必ずこの謁見の内容を知ることになるだろう。

私の協力者や情報源が分からぬ方が、向こうも怯えて都合がいい。

本当はレジェスの怠慢と、前世の記憶『禁じられた愛』を読んでいたおかげだけどね。

玉座の間のざわめきを断ち切るように、サフィラ妃が叫んだ。

「で、でも！　私が妊娠していたって、レジェスと姦通をした証拠にはならないわ！　このお腹の子は陛下との子よ！　侮辱しないで！」

「ええ、ですから、御子の瞳の色で、確認いたしましょう」

集まった周囲の視線を無視して、私は自分の瞳に指を向けた。サフィラ妃が息を呑む。

「瞳……ですって？」

「ええ、サフィラ妃殿下。ご存じでしょうか？　瞳の色は両親の持つ瞳の色で決まると」

陛下の持つ紅の瞳……鮮やかなその色はまさしく王家の血を継ぐ証だ。

そして、サフィラ妃の瞳は夜闇のような漆黒。

だから――

「もしも、御子がレジェスと同じ蒼の瞳を持って生まれたなら……それはまさしく不貞の証です」

私が発した言葉に、サフィラ妃がさっと表情を曇《くも》らせる。

「で、でも偶然で蒼色の子が生まれることも……」

「瞳がそんな色になるはずがないと否定なさらないのですか？　――それに、恋文の信憑性が高ければ、その偶然という言い訳も難しくなるでしょう」

『禁じられた愛』通りの展開を期待するのは良くないかもしれないが、物語の中で子供の目は蒼色だったと記載されていた。それに、物語内で彼女が出産した日を逆算すれば、レジェスとの恋文で夜を過ごしたと記載のある日と合っており、状況証拠は揃っている。

「あ、あんな嘘の恋文なんて……！」

「もういい、サフィラ」

必死に抗弁するサフィラ妃を、陛下が怒りのこもった声で制止した。

その眼差しを受けた彼女はビクリと肩を震わせ、口を閉じる。

陛下は重いため息を吐いてから、私にも厳しい視線を向けた。

「アーシア。そこまで断言した今、真相が判明されてからの言い訳は聞かぬぞ」

「はい。覚悟しております」

「……サフィラの出産を待ち、結果を確かめる」

その言葉にサフィラ妃が絶望した表情に変わる。

「なっ⁉　ガイラス様！」

「サフィラに付く使用人や医務官には早急に聞き取りを。妊娠を隠し立てた者を調べ上げよ」

改めて、手紙を抱えていた文官や騎士達が玉座の間を走り出ていく。

シュイク様と私、サフィラ妃と陛下――それから数人の騎士だけがその場に残った。

陛下は玉座から立ち上がり、動揺しているサフィラ妃の手を取った。

「サフィラ。公平に此度の騒動を見極めれば……アーシアはお前を疑うに足る証拠を示した」

「っ……」

「ならば、王家としては調査をする他ない。……だが、アーシアも我が王妃を虚偽の恋文で侮辱したという疑いが消えた訳ではない」

そう言って陛下がこちらを見る。私はその視線を受け止めて頷いた。

「ええ、その通りです」

「アーシアにも真偽が分かるまで監視を付ける。王家騎士団の一人を常に彼女へ付けろ」

そう言って陛下が視線を動かすと、シュイク様が胸に手を置いて一礼した。

「は！」

おぉ、逆にありがたい……無条件でこの王国で最も安全な騎士の傍にいられるのだ。

私が笑みを浮かべると、シュイク様にも頷かれた。

陛下はそんな私達を眺めつつ、再びサフィラ妃に告げた。

「お前の出産を待ち、結果によって罰を与えるべき相手を決めよう」

「そんな！　ガイラス様！　私を信じて！　どうしてそんな女の言い分なんて聞くのです！」

「……サフィラを連れていけ」

叫び続けるサフィラ妃に陛下が小声で呟く。

自身の言葉が響かないと察したのか、彼女は悲痛な表情を一転させ、私の横で囁いた。

「──幸せな私に嫉妬して、こんな事をしたの？」

誰にも聞こえないような小さな声とはいえ、自白も同然だ。

そんなリスクを犯すほど、私に激情を抱いているのねと、思わず微笑みがこぼれる。

「安心して。嫉妬するほど羨ましくも思えないわ」

「っ!!」

サフィラ妃は舌打ちをした後、そそくさと玉座の間を出ていった。

その後ろに数人の騎士が付いたところを見るに、彼女も監視されるようだ。

王妃に対してこれほどの不敬を行ったのに、ここまで持ってこられたのは上出来だ。

ほっと息を吐く。残されたのは私とシュイク様、陛下の三人だけだった。

陛下は玉座に座り直すと、ひじ掛けに手を置き、大きく息を吐いてもたれかかった。

「アーシアよ、サフィラは……本当に不義を犯したのだな」

その言葉に目を瞠《みは》った。

──陛下は既に、私を信じてくれたのだろうか。

私は慌てて姿勢を正し、わずかに頭を下げた。

「はい。本当に不敬ではございますが、不義は事実だと私は確信しております」

「そうか。信じたくないが……状況証拠は揃っているのが、辛い事だ」

「調査をご決断してくださったこと、感謝します」

「私情に流される程、愚かではない。まぁ……恋文が出るまで気付けぬ愚かな王だがな」

陛下は乾いた苦笑をして、大きなため息を吐いた。

「しかし……サフィラは公爵令嬢であり王妃だ。確実な証拠もなく処罰はできん」

「はい。存じております」

「だから……今は結果を待つ。不義が確かであれば王妃側には協力者がいるだろう。その者も見つけ出す必要があろう」

「結果を明らかにするためにも……陛下、どうか、私にも調査をする許可をくださいませんか？」

私の言葉を聞きつつ、陛下はため息を吐いた。

「王家騎士団の監視下であれば、自由を許そう」

その言葉は、欲しかった最上級の許可だ。

「ありがとうございます」

この謁見で、レジェスを含めた王妃側に対して、私の三年間の準備の成果。

そのどちらが陛下の心を動かしたのか……結果はハッキリしたようだ。

謁見を終え、シュイク様と王家騎士団の執務室へ向かうと、誰かにくいっと袖を引かれた。

「おねーさん。だれ？」

振り返ると、小さな子が私を見つめている。襟に凝った刺繍の入ったシャツとハーフパンツ。

鮮やかな金色の髪に、綺麗な紅の瞳で……まだ五歳ほどの可愛らしい子だ。

「え、わ、私は……」

この子が誰なのかは分かり切っているからこそ対応に迷う。

王宮でこれほど豪奢な衣装を纏い、自由に歩き回れる子供など、決まっているからだ。

「デ、ディノ殿下！　どうしてここに……！」

答え合わせをするように、シュイク様が跪く。

この子はディノ殿下だ。陛下と側妃のテセア妃のご子息だ。『禁じられた愛』にて物語が始まる起点となり、十日後に病気で亡くなる運命のお世継ぎの子供。

私はいきなり出会うことになってしまった殿下に驚きつつ、シュイク様に倣《なら》って跪いた。

「ディノ殿下。はじめまして、私はアーシアと申します」

「あーしあ？　……絵本かいたひと？」

「え？」

私がブルーノ閣下に渡していた物語には、小説だけでなく絵本もあった。

しかし、それらは全て偽名だったのに……

「あのね、ブルーノおじさんからきいたの。ほんとはアーシさんだって」

無邪気な笑顔でディノ殿下がそう言う。

……なるほど、ブルーノ閣下から伝わっているのか。

今となっては、誰かに知られるのが困るわけでもない。私は跪いた姿勢のまま微笑んだ。

「そうでしたか。確かに殿下のおっしゃる通り、私が絵本の物語を書いております」

「本当⁉　ほんとにアーシさんなのね！　ちょっとまってて！」

「殿下！　お待ちください！　一人で出歩いては……！」

シュイク様の制止の声を振り切り、ディノ殿下はどこかへとパタパタと駆けていく。

そして、少し時間を置いて両手に絵本を抱えて戻ってきた。

「ぼく、アーシさんの絵本。だいすきです！」

「殿下、ありがとうございます」

先程まで、サフィラ妃や陛下と息詰まるやりとりをしていたせいだろうか。

殿下の無邪気な笑顔に肩の力が抜ける。

それに、初めて読者ともいえる殿下の生《なま》の感想を聞けたのは、なんだかとても感慨深かった。

丁寧に着彩された絵本を、ディノ殿下は一生懸命私に見せてくれる。

「あとね、あとね。この絵本もすきで……っ‼」

そんなふうに嬉しそうに話していたディノ殿下だったが、突然……酷い咳を発すると同時に小さな手から絵本が落ちていく。

「殿下⁉」

「だいじょぶ……だいじょぶ。おかあさまが、ディノはだいじょぶって、いってたもん……」

うずくまる殿下の背に手を当て、慌ててシュイク様に叫ぶ。

「殿下、一旦横になってください。シュイク様！　早くお医者様を！」

苦しみながら、大丈夫だと自分に言い聞かせるように呟くディノ殿下の姿は、あまりに痛ましい。

それから数分後、駆けつけてきた使用人や医者が、殿下を抱き上げて連れていく。

ひゅうひゅうと荒い息を漏らしながら、ディノ殿下はこちらに向けて力なく手を振った。

「アーシさん。また、絵本みせてね。おはなしもしたいの」

「殿下。もちろんです。だから今はゆっくりと休んでください」

「……うん……」

運ばれていく殿下を見送るうちに、十日後にあの子が亡くなってしまうことに現実味を感じて、胸が締め付けられる。隣に残ったシュイク様は、私を気づかわしげに見つめて首を横に振った。

「ディノ殿下は元から病弱な方でしたが、ここ一か月で急激に体調不良に陥っています」

「そう……なのですね」

シュイク様は、不安そうに運ばれていくディノ殿下を見つめている。

私の耳にも、あの子の呟き込む声が未だに痛々しく残っていた。

「……救ってさしあげたいが、剣だけが取り柄の僕では何もできない」

悔しそうに呟くシュイク様に同意見だ。

あんな幼子がこのままでは亡くなってしまうなど……やるせない気持ちしかない。

「すみません、思わず感傷的になっていました。殿下はきっと無事に元気になるはずです」

「はい……そう、ですね」

結末を知るが故に、歯切れの悪い返事をしてしまう。

それをシュイク様は咎《とが》める事はせずに、本来の目的地へと再び向かい出す。

そして、辿り着いたのは王家騎士団の執務室なのだが——

「ヴォルフ団長……言っときますが。今朝の執務は終わらせておいてくださいね」

「あぁ」

「書類の遅れがあれば、文官の方にまた文句を言われるんですから」

「はい」

「分かっていますか？」

「すまない」

部屋に入って早々、山のように積まれた書類の前でヴォルフ様が大きな体を縮こませている。

シュイク様が部屋に入るなり、書類の山の前で手をこまねいていたヴォルフ様を叱り始めたのだ。

「はぁ……それじゃ僕は、側妃様の護衛に戻ります。アーシアさん、ごゆっくり」

「はい。ありがとうございました。シュイク様」

シュイク様の怖い表情が一転してにこやかなものになる。

その様子が逆に恐ろしいと思いつつ、私は執務室の空いた椅子に腰かけた。

シュイク様は手を振りつつ、ドアの外に消えていく。

すると、ヴォルフ様はシュイク様がいなくなった瞬間、顔を上げて嬉しそうに笑った。

「よし……切り抜けたな」

「執務を、終わらせた方がいいのでは？」

「君との話し合いが先だ。剣は得意だが、ペンを持つのは苦手でな」

ヴォルフ様はそう言って、部屋にあったソファに座り、その対面に来るように手招いた。

「座ってくれ。紅茶も淹《い》れさせようか？」

「お気遣いなく。……なんだか至れり尽くせりですね」

「君に非礼な態度をとるとどうなるのか、身に染みて分かったからな」

軽い冗談を口にするヴォルフ様の対面に座る。

彼は私の様子を眺めると、くつくつと笑いながら組んだ手を顎の下に置いた。

「君は凄いな……まさか、ここまで準備をしていたとは。見事な程に状況は君に傾いた」

「お言葉は嬉しく思います、ヴォルフ様。しかし、もったいぶらずに本題へ移りましょう」

私の言葉に、ヴォルフ様は笑みを深め……待ち望んだ言葉を続けてくれた。

「そうだな、話し合おう。日本にいた頃についてな」

「っ！　やはり……貴方も」

謁見前、彼が口にした『物語を変えろ』という言葉。

やはり彼も前世の記憶を持っていたのだ。

私が思わず前のめりになると、彼は事前に用意していたらしい何かを机に置いた。

「まず、俺が前世の記憶を取り戻したキッカケが……これだ」

それを見て……驚きで息が止まる。

それは三年前に私の前に現れた、あの医学本とまったく同じ本であったからだ。

「こ、これは、いつヴォルフ様のもとに⁉」

「半年前にこの執務室の前に置かれていた。そして最初のページにはこう書かれていた」

そう言って開かれた最初のページは……

『王家騎士団長よ、王宮内の廃棄所を調べなさい』

中身は私と違う……しかし、やはり日本語で書かれている。

ヴォルフ様は、驚く私を見てから頷いた。

「これを見て前世を思い出し、この世界が物語の通りだと気付いた。そして俺は……物語では王妃が冷遇されたと陛下を断罪するついでに処刑された、王家騎士団長というわけだ」

『禁じられた愛』では王妃が冷遇されたと民を扇動して、陛下を断罪した。

その際には王宮内の者達も王妃を冷遇した罪で断罪されたと書かれており、確かに王家騎士団長もいた。

「俺も断罪を免れるために奔走したが、王妃とレジェスが不義を働いた証拠がなくて困っていた矢先……明らかに物語と違う動きをした君が居たから、思わず声をかけたんだ」

そういうことか……なら私もどこまでを理解しているかを伝えなければ。

私は彼と同じ医学本をトランクから出して、机に置いた。

「ヴォルフ様、私も同様です」

それを見せた瞬間、彼が目を見開く。

「な……俺はてっきり、この本は君が置いたのだと……」

「いいえ。私の本も突然現れたのです。三年前に、屋敷の前に置かれておりました」

目を丸くしてペラペラと医学本をめくるヴォルフ様は、本当に何も知らぬ様子だ。

どうやら、彼が本を置いたわけではなさそうだ。

「となれば、恐らく俺達以外に最低でも一人記憶を持つ者がいると？」

「その通り……ですね」

しかし何が目的か分からない。

私達に何かを伝えてくるのに、どうして正体を見せないのだろうか。

これで疑問も解消できると思っていたのに、むしろ分からないことが増えてしまった。

二人で頭を抱えながら、本をめくっていると、ヴォルフ様が私の本のとあるページを開いた。

「このページはなんだ？」

見ると、確かにそのページのみ折り曲げられて、印がついている。

「君がつけた折り目か？」

「い、いえ……私も気付きませんでした。――詳しく拝見してもいいですか？」

覗き込むと、そこには、毒草や毒花について記載されていた。

・トリカフート＝最悪の猛毒を持ち、摂取すれば六時間で死に至る。解毒薬は存在しない。
・クロホシ＝珍しい花色であり、根に触れた女性が体調不良を起こす毒性がある。詳細確認中。
・イーグベリー＝染料として使われていたが、強い毒性があり使用中止。
また染料としても手に付着して取りにくいため不十分。


最初のトリカフートは……前世でのトリカブトの事だろうか。ただ、特に毒殺なんてものが『禁じられた愛』の中で登場するわけではない。日本語がそのページに書かれてもいなかった。

「ただ、折り目がついていただけか？」

「そう……でしょうか。それにしては綺麗に折り目がついていますね」

医学本を届けた人物が折り目を付けたのだろうが、その意図が汲み取れない。

疑問は多いが、医学本について互いにもう情報は出揃ってしまった。

とりあえず本を閉じ、互いに見つめる。ヴォルフ様も軽くため息を吐いて肩をすくめた。

「あとは……互いの情報共有でもしておくか」

その言葉に頷き、まずは私から全てを話した。

医学本を拾ってから準備をしてきた三年間。そして前世について。

「前世では社会人でした。なんの仕事をしていたのかは思い出せませんが」

「はは、俺もだ。完全には思い出せないな」

笑うヴォルフ様に、今度は私から尋ねる。

「そういえばヴォルフ様は、どういった経緯で……『禁じられた愛』を読んだのですか？」

あの小説は、主に女性が好む恋愛小説の専門レーベルから出版されていた。

男性が読む機会はあるとしても珍しい。そう思ったのだ。

しかし、ヴォルフ様はその質問に、不思議そうに眉根を寄せた。

「知らないのか？　この『禁じられた愛』……作者が自殺したんだ」

「え……？」

「遺書もなく自殺したと、ニュースで大きく騒がれていてな。俺はそれで気になって小説にも目を通していたんだ」

そんな事は知らなかった。

思わず呆然とすると、ヴォルフ様はさらなる情報を付け加えた。

「この作品は……普段と作風が違うという非難の声も多かったらしい。作者も色々と落ち込んでいたのかもな」

「そう……なのですね」

「ああ。まぁ、前世の話はもういい。俺達は今をどうにかしないといけない。そして君がここまで状況を変えてくれたんだ。最後に、俺からもう一つ情報を共有しよう」

そう言って、ヴォルフ様が何かを懐から取り出した。

机に置かれたのは、何か薬包のように見える。

「これは？」

「さっき、俺の医学本に日本語で書かれていただろう？」

確か、『王家騎士団長よ、王宮内の廃棄所を調べなさい』と書かれていた。

私が頷くと、ヴォルフ様はその薬包をつついた。

「俺は文字に従い、半年前から王宮の廃棄所を確認していた。そして二か月前……これがあった」

「これに包まれたものの詳細は分かっているのですか？」

「ああ。医者に成分を確認してもらったが、この世界での避妊薬らしい」

どうして王宮内に避妊薬が……と考えた瞬間、胸が高鳴った。

もちろん、この日本語で書かれていた書き込みが私達を助けるものであるという前提があってのものだが、『禁じられた愛』の内容が思考を巡り、一つの答えに辿り着いたのだ。

「そうか！　だから……」

「何か分かったのか」

「ええ、都合が良すぎると思っていましたが、理由が分かったのです」

医学本の日本語から導かれ、ヴォルフ様が手に入れた避妊薬。

これは、私達にとってあまりに大きな情報だ。

「王妃には明らかな違和感がありました……それは、なぜ今になって妊娠したかです」

ヴォルフ様の目が見開かれる。

どうやら彼もそこには違和感を覚えていたようだ。

『禁じられた愛』の中で、サフィラ妃は王妃となって二年、子が産めなかった。

そこまでは理解できる。子を作ろうとしても実らぬ時もある。しかしそれからも長年、陛下と月に一度は閨《ねや》を共にしていたのにもかかわらず、レジェスの子だけを孕むのは明らかにおかしい。

「物語のご都合的な展開、だと思っていましたが……でも王宮内にて避妊薬があったのなら、隠された王妃側の思惑が分かるような気がするんです」

「思惑……だと」

「王妃は、恐らく陛下の子を産めなかったのではなく……産むつもりがなかった……」

私の言葉に、ヴォルフ様は首を傾げる。

「そんな事をして王妃にメリットがあるか？　見つかれば王家への侮辱どころではないぞ？」

「ええ、そうなのですが……王妃が避妊薬を使う動機が物語の中にあったのです」

そうして、私はヴォルフ様にもう一度物語の概要を伝えた。

「物語の中では、ディノ殿下が亡くなり、世継ぎがいなくなった陛下は……子が出来ぬサフィラ妃を廃妃としましたね」

「そうだな」

「しかし次がおかしいのです。サフィラ妃はもう自由にレジェスと暮らせるはず。なのに国王陛下に冷遇されたと民を扇動して陛下を断罪した。廃妃は二人にとって望む展開であり、もう王家と関わる必要もなかったのに」

「……つまり？」

まだヴォルフ様はピンと来ていない様子だ。

私は、推測にすぎない――しかし、おそらくは真実であるそれを口にした。

『禁じられた愛』にはそこまで書かれていませんでしたが、世継ぎが居なくなった国王が王座を退けば、――王家の血を引いていない誰かが王位を継ぐことになったのでしょうね」

「まさか、世継ぎの居ない状況をわざわざ作ったということか」

「ええ、それこそ王妃が妊娠しなかった理由……いえ、彼女の協力者が望んだ状況でしょう」

王妃の協力者が誰なのか、今は分からない。

しかしレジェスの管理が杜撰《ずさん》であっても、王妃の不義を何年も隠し続けられるような人物だ。

その人間は陛下の世継ぎを消すことによって、自分、もしくは自分の望む人間を玉座につけることが可能となれば、危険を犯してでも王妃に協力する理由足り得る。

「王妃に世継ぎが出来ぬよう……協力者は避妊薬を服用させていたわけか」

「ええ、これなら都合の良すぎる妊娠にも納得ができます」

協力者は、世継ぎのいない状況を望んで避妊薬を王妃に飲ませ、王妃はレジェスとの不義を隠してもらう条件で、その指示に従っていた。これなら、利害関係は一致する。

そして王妃はレジェスとの子を望み……彼と交わる時には薬を使わずに妊娠したのではないか。

私はヴォルフ様を見つめ、静かに言葉を続けた。

「つまり、この避妊薬の入手ルートを調べれば……王妃側の協力者まで掴めるかもしれません」

「ああ。加えて避妊していたという確証まで掴めば、王妃の罪も出産前に確定するな」

「はい」

ヴォルフ様が手に入れてくれた避妊薬、これは大きな証拠だ。

なにせ避妊など、世継ぎを望む王室への謀反行為。

王妃に避妊薬が渡っていたという証拠を掴めば、協力者まで芋づる式に断罪できる。

「今、この避妊薬が私達の手にあると誰も知りません。これが何より大きいです」

「もっとも隠蔽すべき証拠がこちらにあるからな。避妊薬については俺の方で調べよう」

避妊薬を王妃の協力者に知られずに調べるには、ヴォルフ様の力が必要だろう。

ここは、素直に甘えて頷く。

「それにしても……避妊薬一つでここまで見通したか」

ヴォルフ様は感嘆の息を吐き、そんな言葉を吐いた。私は苦笑して、彼の手の中の薬包を見つめた。

「私はこの物語を潰したくて、三年も過ごしてきましたから」

「頼もしいな。本当に……」

「でも、まだやる事があります」

「やる事？」

「ええ、ディノ殿下について……私達に出来る事が……」

そんな言葉の途中で、執務室の扉が勢いよく開き、嬉しそうな声が飛び込んできた。

「アーシア嬢！　よくやったな！」

「っ!?」

入ってきたのはブルーノ閣下だ。その隣には先程出会ったディノ殿下まで一緒にいた。

先程までの呟き込んでいた様子はなく、今はにこにこと笑って、こちらに手を振っている。

「ブルーノ閣下！　ディノ殿下まで……」

「閣下!!　ご来訪するならお出迎えいたしましたのに……」

ヴォルフ様が跪き、私も慌ててそれに倣《なら》う。

しかしブルーノ閣下は特に気にする様子もなく、ソファの前まで歩み寄ってきた。

「わははは！　そうかしこまらずとも良い！　アーシア嬢。陛下との謁見、よくやったな」

「いえ、それもこれも……ブルーノ閣下のご助力のおかげです」

「謙遜するな、全て嬢の成果だ」

閣下が豪快に笑う足元をすり抜けて、小さな手が私の手を握った。

ディノ殿下だ。彼はきらきらとした瞳で私を見上げている。

私は慌てて目線を合わせて、ディノ殿下の手を握り返した。

「ディノ殿下、お身体は大丈夫なのですか？」

「ちょっとねてたらね、げんきになったよ。アーシさんに会いたいから、ブルーノおじさんにつれてきてもらったの」

「おぉ、アーシア嬢。悪いがディノ殿下の願いを聞いてやってほしくてな」

「あのね、ディノね。アーシさんのサインがほしーの。いい？」

可愛らしいお願いと共に、ディノ殿下が瞳を輝かせて私に絵本を見せる。

どうやら、本当にサインを欲しいと思ってくださったみたいだ。

「ええ、私などで良ければ……」

先程の話は後にしようとヴォルフ様に目配せをする。

彼が頷く姿にほっとしつつ、執務室にあるペンを手に取り、ディノ殿下の絵本にサインをする。

ほとんどただの署名のようになったのに、ディノ殿下はとても喜んでくれた。

「やったあ!!」

「おぉ～良かったですなぁ。ディノ殿下」

「うん！　ディノのたからものにする！」

絵本を嬉しそうに抱きしめるディノ殿下。

その微笑ましい姿に癒されていると、殿下はこてりと首を傾げた。

「ディノね。アーシさんに絵本よんでもらいたい！」

「はい。私で良ければ大丈夫ですよ」

「やた！」

嬉しい申し出に頷くと、ディノ殿下は嬉しそうに私の膝上に乗り、絵本を開いた。

本当に可愛らしい。

前世でも今世でも子供のいなかった私が、こうして読み聞かせする日が来るなんて……

「では、読みますね？」

「うん！」

ヴォルフ様やブルーノ閣下がいる中で本を読み聞かせるのは少し恥ずかしいが、ワクワクした様子のディノ殿下を見られるのは本当に嬉しい。期待に応えるように、私は絵本を読み始める。

「――こうして、二人はいつまでも幸せに暮らしました」

読み聞かせを終えれば、ディノ殿下はパチパチと拍手してくれた。

「ありがと！　アーシさん」

「光栄です。殿下」

「また、よんでほしいっていったら。おこる？」

「怒りませんよ。いつでも言ってください」

「やた！」

喜ぶ様子は本当に可愛らしいが、先程酷い咳をしていたから心配だ。

「でも、今日はこれぐらいにしましょう？　あまり身体を動かしてはお身体に障りますから」

「だいじょぶだよ、アーシさん」

心配の言葉に、ディノ殿下は私の膝上でじっと紅色の瞳で見上げる。

吸い込まれそうな綺麗な色に見惚れていると、殿下はニコリと笑った。

「ディノはね、げんきなところ見せたいの。じゃないとおかーさまはいっぱい心配して泣いちゃうから。ディノはげんきだって、おしえてあげるの！　だから、アーシさんも心配しないで？」

まだ、五歳ほどの子供。

なのに、他の人に心配をかけぬようにと振る舞う姿に、自然と目頭が熱くなる。

こんな幼子が誰かを気遣って無理をしていいはずがない。

「殿下……それでも、本当にお辛い時は言ってくださいね？」

「……うん。ありがと、アーシさん」

こんなに優しい子が死に追い込まれている事が、やるせなくて悲しい。

少しでも喜んでもらうため、もう一冊、と本を読み始めると、ディノ殿下は嬉しそうに笑った。


「さて殿下、そろそろ部屋に戻りますか」

気付くと随分な時間が経っており、窓の外ではもう陽が傾いていた。

帰りの合図をかけたブルーノ閣下の声に、ディノ殿下も頷いた。

「うん。ブルーノおじさん。連れてきてくれてありがと」

「ふはは、未来の陛下に恩が売れるならいくらでも手助けしますよ。さあ、側妃様に見つからぬうちに帰りますぞ！　それいけ！」

ブルーノ閣下が執務室の扉を開くと、ディノ殿下が嬉しそうに走っていく。

閣下は最後に振り返り、私に微笑んだ。

「そうだ、アーシア嬢。この前の新作……妻も楽しんでおったぞ」

「自信作でしたので、嬉しいです」

私の答えに、閣下は少し嬉しそうに笑った。

「私にとって嬢は娘のようなものだ。何かあれば、いつでも頼れ」

「はい。ありがとうございます」

「いっそ、本格的に娘になるか？　養子として」

「ふふ、ならまずは奥様とも会わないといけませんね」

「ふはは、それもそうだな」

ブルーノ閣下から奥様の惚気話はよく聞くが、会ったことはまだない。

しかし私のファンだといつも閣下が話してくれている。いつか会ってみたい方だ。

また会わせてくださいと告げて、殿下を追いかける閣下を見送った。

ドアが閉まると、後ろから立ち上がる音がした。振り返るとヴォルフ様がこちらを見ている。

「――話の続きをしようか。アーシア」

「はい」

再びソファに腰を下ろし、ヴォルフ様を見つめる。

「先ほどの避妊薬のお話があって、ディノ殿下の死を止める案が見つかりました」

その発言に、ヴォルフ様は驚愕の表情を浮かべた。

「死を止めるとは？　殿下はご病気で亡くなられるのでは……？」

「いえ、思い出してください。物語の通りなら、サフィラ妃は二か月前にレジェスの子を妊娠したはずです。これは先程ヴォルフ様が避妊薬を入手した時期と重なります」

理由はまだ分からないが、王妃はレジェスとの子を妊娠するために避妊薬を使わずに捨てている。

そして陛下に妊娠を今まで隠せていたのだ。王宮の医者の中にも、ほぼ間違いなく協力者がいる。

となれば、少なくとも妊娠は今から一か月前には判明しているだろう。

そこまで話して、私は一呼吸置いた。

「一か月前、という日付に聞き覚えがありませんか。ちょうどその頃からディノ殿下の容態が急変したと、シュイク様が話していました。つまり……」

「っ⁉　それは……」

ヴォルフ様の呟きに、私は頷く。

「王妃の協力者からすれば、王妃が妊娠したとなれば、父親が誰であっても不都合が多い。だから早急にディノ殿下に去ってもらい、当初の計画である世継ぎ不在の状況を作りたかったのでは？」

『禁じられた愛』では病死であったディノ殿下。しかしこの仮説が当たっていれば、殿下は国王の血筋を疎む者の手により、病気だと偽られて殺されそうになっているのだ。

そして、殿下が病死でないなら救えるはずだ。罪もない子供を狙う、王妃側の策略から。

ヴォルフ様を見上げると、彼も察してくれたのか、すぐに言葉を告げた。

「俺の権限で、ディノ殿下の護衛につこう」

「できるのですか？　ヴォルフ様」

「あぁ、俺がディノ殿下の護衛になれば、監視対象である君も傍にいる時間ができるはずだ」

「ありがとうございます！」

抜け道のような方法だが、いまはこれしかない。

物語通りなら、ディノ殿下の死まであと十日もないのだから。

「必ず、ディノ殿下を救いましょう」

「あぁ、物語を変えるぞ」

しかし、ディノ殿下はどのように暗殺されようというのだろうか。

小説内に外傷などの描写はなかったのだから、第一に考えられる殺害方法は毒だ。

でも王宮内、ましてや次代の王になるディノ殿下へ毒を盛るなど……できるのだろうか。

毒見や暗殺などを警戒し、厳重に管理された王宮内で、たった一か月前から毒殺を図る。

その方法は、まだ分からない。

それに……

「……この医学本は、どこまで予期していたのでしょうか」

目の前の医学本が途端に恐ろしいものに見える。未来を予知しているのに、その書き手自身の手ではディノ殿下も、ヴォルフ様も私も救う気がない。分からない事だらけだ。

だが、今はなんとしてもディノ殿下を救いたい。殿下が生還すれば、国王の世継ぎが存在することになり、『禁じられた愛』を根底から崩す物語の変化を起こせる。

私達の断罪という運命を回避するため、そして幼い殿下のためにも……必ず真実を見つけ出してみせよう。


これは誰の物語・二（レジェス side）

陛下との謁見を終えた後……空っぽの屋敷へと帰還して、怒りから壁を叩く。

外には監視する騎士がいて、抜け出すことすらできない。

「くっ……」

最悪の展開だ。陛下は俺を疑っている。これから調査が始まるかもしれないのだ。

だが……決してアーシアの証言や恋文ごときで俺の罪が決まるはずはない。

無様に罪を負うのは、あの女の方に決まっている。

問題ない、大丈夫だと、そう自らに言い聞かせていた時。

「……っ？」

屋敷の手紙受けに紙が入っているのに気付いた。取り出しても端に昨日の日付が書かれているだけで、差出人の名前がないし、中には何も書かれていない。

しかし鼻を近づけると、サフィラ様が好きな香油と同じ柑橘類の香りがする。

それで、彼女が遣いに送らせた手紙だと分かった。

「あぶり出しか」

俺はそう呟き、部屋を照らしている蝋燭を一本、手に取る。

彼女はたまに、遊びのようにこういった方法で手紙を送る。紙を火で炙《あぶ》ると、隠し文字が浮かび上がってきた。きっと、昨日は俺が大臣に呼び出されたのを心配して送ってくれたのだろう。

そう思い、手紙の中身を見ると、心臓が激しく鼓動した。

『レジェス様。昨日はお伝え出来なかったので、お手紙で送ります』

そんな……嘘だ、こんなの間違いだ。

いくら思っても、続く文章は消えず、ハッキリと目の前に残り続けた。

『月の物がきておりません、恐らく……私は妊娠しております』

そんなはずがない。俺は、子供が出来ないと思っていたから貴方と交わったのに……

駄目だ、嘘だと言ってくれ。

今の状況で妊娠など発覚すれば、俺が疑われるではないか。

『ようやく幸せな未来に進みはじめました……私はこの子を守ります』

違う。

違う……それは駄目だ、サフィラ様。

『レジェス様との子のはずです。二人の愛の結晶を大切にしたい。私が書いた物語通り……きっと私達は幸せになれるはずだから』

何を言っているサフィラ様……どうして俺の子だと明言できるんだ。

陛下とだって、月に一度は夜を過ごしていたはずだろう。

それに、その身に俺の子が宿ったというのなら、れっきとした姦通の証拠に他ならない。

望んでいない、俺は……その子供を望んでいない。

「サフィラ様……嘘だと、言ってくれ。俺ではなく、陛下の子であってくれ」

サフィラ様からの嬉しそうな文面とは反対に、俺の心は絶望に染められていった。

その夜は苦しい程の悩みが押し寄せ、一睡もできなかった。

翌日、サフィラ様からの手紙を燃やしながら……アーシアについて考えてしまう。

今は無きリルレス子爵家に生まれた、アーシア・リルレス。

『はじめまして、レジェス様。此度の婚約を受け入れてくださり、嬉しく思います』

政略結婚により手にした彼女は美しく、婚約式で俺に向かって優雅に礼をする姿には、つい心を奪われそうになったほどだ。

しかし、当時の俺はすでに王妃のサフィラ様を想っていた。

俺の心はサフィラ様のものだと自分に言い聞かせるため、王妃の護衛となった時からアーシアを遠ざけるようになった。サフィラ様からも操《みさお》を立てるように言われていたのも理由としてはある。

『お前は女主人として仕事をしていろ。身寄りもなくなったお前が生きるには、それしかない』

だから俺は、両親を亡くしたばかりのアーシアへと冷たく告げ、伯爵家の執務を全て任せた。

彼女を忙しさという籠に閉じこめて、誰かと関わる時間を禁じたのだ。

『レジェス様……』

『俺の傍に寄るな』

サフィラ様から心を移してしまわぬために、話しかけてくるアーシアを拒絶した。

『憎たらしい女め』

彼女に優しくすれば一気に虜《とりこ》になってしまいそうで、罵倒した。

そんな日々を過ごし、俺は固い意志でサフィラ様に操《みさお》を立て続けたのだ。

だが……三年前に事態は変わった。

『分かりました旦那様……私は今日より、女主人としてのお仕事だけに努めます。貴方は王妃様の護衛に集中してください』

突然人が変わったように、アーシアは俺に話しかけなくなった。

そしてついに先日、彼女は俺から全てを奪っていったのだ。

『一人で生きていけないのは、貴方でしょう？』

身寄りもなく、一人では生きていけないと思っていたアーシアはそう言って俺に背を向けた。

その言葉を今になって思い出して、絶望に暮れる。

「……くそ、俺がこんな状況に追い込まれたのは……全部、アーシアのせいだろう」

あの女のせいで、俺は王妃との不義を疑われた。

俺の苦労も知らずに……悔しい、忌々しい。

しかし憎しみを募らせてばかりもいられない、俺には近衛騎士団長としての執務がある。

こんな事態だというのに時間に追われる事に苛立ちながら、取り残された皺《しわ》だらけの衣服の中からましなものを見繕い、俺は王宮へと向かう他なかった。

「お前達、昨日は不在で迷惑をかけた」

王宮内の近衛騎士の執務室に入って部下へと声をかけるが、想像より冷たい視線が返ってくる。

執務机には、恋文の写しが載った号外が何枚も乱雑に置かれていた。

そのうち、一人がニヤニヤとした笑みを浮かべてこちらを見つめる。

「団長、王妃と閨《ねや》を共にしたって、本当ですか？」

「っ！　ふざけるな、お前達……俺を疑うのか？」

それに対して激昂するが、皆は俺を嗤《わら》うばかりだ。

「疑うなと言われても……王妃の護衛を長年続けて、交代を拒否していたのは誰ですかね？」

「っ！」

言葉に詰まると、すぐに別の部下がせせら笑って続ける。

「貴方は近衛騎士団の運営よりも、王妃様の護衛を大事にしていたじゃないですか」

「それは……」

「裏で俺達が冗談で疑っていた事を、まさか王家まで疑い始めたとは……」

「違う。俺は決して、王妃様と不義など犯していない！」

「もちろんそうだと願っていますがね。王妃まで妊娠させているかもしれないと疑われているなんて、流石に笑えないですよ？」

彼らの言葉に、胸が刺されたような衝動が走った。

いま……王妃の妊娠と言ったか？

「お、おい。妊娠とはなんだ？」

「聞いてないのですか？　昨日、陛下と謁見したレジェス団長の元奥様がそう告発したのですよ」

「なっ……!?　アーシアが？」

「その後、王妃様の妊娠は事実だと分かり、昨日の王城は大騒ぎでしたよ」

どうしてサフィラ様が妊娠していると、アーシアが知っている？

あいつは……何を、どこまでを知って動いているんだ。

得体の知れない恐怖に襲われ、俺はそれ以上何も言えないまま机に座り込んだ。

その姿に部下達はからかうのをやめ、厄介者でも扱うように粗雑に書類を俺の机に置く。

「とりあえず今日は王妃様の護衛ではなく、執務をしてください」

「あ……あぁ」

そう言われてのろのろとペンを手に取る。しかし状況も相まって仕事が捗らず、ミスを重ねて俺の信頼をさらに失うばかりだった。こうなったのも全てあの女のせいだ。

アーシアの手で、俺は全てを失いかけている。焦りが止まらない、どうにかしないと……

仕事もそっちのけで必死に考えていると、執務机の引き出しから何かが出ていた。

「なんだ、これは？」

紐のようなそれを手繰って引き出しを開けると、入っていたのは、見知らぬ本だった。

本の栞紐の部分が外に飛び出していたようだ。

「おい、誰か俺の執務机に触れていたのか？」

「え……いや、昨日は大勢が団長の机に触れていたので、分かりませんよ」

「大勢だと？」

「ええ、王妃との不義の証拠がないか調べるためと……王家騎士団や、ウーグ大臣……それにブルーノ公爵閣下や陛下までいらっしゃっていました」

それほどまでに疑われていた事に苦々しい気持ちを抱き、唇を噛む。

しかしそうなればこの本は誰が入れた？　一体なんの意味がある？

訝《いぶか》しげにこちらを見ている部下に手を軽く振り、追い払ってから改めて本を手に取る。

「……これは医学本か？　なんでこんなものが」

アーシアの部屋で、同じような本が本棚にあったのを見た事はある気はするが……

ふと、よく見ればページに折り目がついており、自然と開いてしまう。

「なんだ……これは？」

・堕胎薬＝胎児を毒により死亡させ、妊娠を中絶させる薬。
　母体も危険につき使用禁止。


堕胎薬と書かれた項目が、赤いインクでグルグルと囲まれている。

おまけに……【堕胎薬を手に入れろ】と横に書き添えられているのだ。

俺は周囲を見渡しながら、表情を変えぬようにつとめて医学本を閉じる。

書かれた内容を見るに、恐らくこれはウーグ大臣が入れたのだろう。

彼は俺と王妃の関係を知る共犯だった。きっと俺に堕胎薬を入手させるのが狙いだろう。

「サフィラ様の子、もしもその子の父が俺なら……全て終わってしまうから……」

不義の子が産まれてしまう。その最悪を避けるために避妊薬を手に入れろというのだろう。

まだサフィラ様に宿る子の父が誰か分からぬ状況だ。堕胎薬を使うという判断を下す訳ではない。

しかし他に対策が無い以上、今は指示に従って堕胎薬の入手方法を探しておくのが賢明だ。

なぜ医学本という方法で伝えたのか分からないが、俺が助かるには……今はこれしかない。

第四章　毒牙の在り処

王家転覆を目論む者により、ディノ殿下が殺されるかもしれない。

確実性はないため大々的に言えないが、それを防ぐためにヴォルフ様は殿下の護衛を申し出た。

そうして私が陛下と謁見した二日後には許可が下りた。

さらに驚いたことに、私もディノ殿下のもとに向かうことを許されたのだ。

陛下にのみディノ殿下が毒殺される可能性があると明かし、必ず証拠を見つけるという条件で許可を得たようだ。その迅速な手配にシュイク様は驚いていた。

「ヴォルフ様、あれほど苦手な執務を全て終わらせて殿下の護衛を代わってくれと言ってきたのですよ。こんな事、今までなかったのに……」

どうやら、かなり頑張ってくれたようだ。

そんなわけで、いよいよ今日ディノ殿下のもとへ向かう日となった。

私はヴォルフ様に連れ添い、殿下の部屋へと入った。

いかにも王族の子供の部屋らしい、愛らしい調度品に囲まれた室内にほうっと息を吐く。

私の姿を見つけたディノ殿下はパッと顔を輝かせて、こちらに駆け寄ってきた。

「あれ？　アーシさんだ！」

「おはようございます。殿下」

訝《いぶか》しまれるだろうか、と思ったが、ヴォルフ様が軽く説明をするとディノ殿下は笑顔で私の同室を許してくれた。以前と変わらぬ可愛らしい笑みで受け入れてくれた姿にほっとする。

しかし、今は調子が良さそうだが、昨日も殿下は酷い咳をしていたそうだ。

前と同じように私達には不安を与えないよう、気丈に振る舞っているだけかもしれない。

「アーシさん、またえほんよんで！」

「はい、ディノ殿下。どれがいいですか？」

あまり彼が動き回らないように座ってもらい、私は本棚から絵本を選ぶ。

並んだ沢山の本には、絵本以外にも分厚い本まで置いてあった。

「殿下、こんな本も読むのですね」

「うん。おうさまには必要なんだって」

なんでも、スフィクス王国の王太子殿下として今から学んでいるそうだ。

本棚にある分厚い本は、半年前から始まった勉学のために使う参考書のようだ。

革張りの参考書は綺麗に装丁されて、真っ黒な栞紐が付いている。

開けば紙質もなめらかで、高級紙を使っているのか紙面は真っ白だ。

流石は王子殿下が勉強するための参考書、市販の冊子とは質が違う。

「その参考書はメリット商家が作っているらしい。半年前にブルーノ閣下が持ってきてくれた」

ヴォルフ様の言葉にほぉっと感嘆の息が漏れる。

私のお世話になっていたメリット商家が扱っているとは……

「ねぇ、アーシさん。このえほんよんで」

おっと、ディノ殿下を待たせてしまっていた。

私は慌てて殿下が持つ絵本を読み始めると、嬉しそうにはしゃいでくれた。

さて、絵本を読み終える程に時間が経った頃、殿下の部屋に女性が入ってきた。

豪奢な身なりに、綺麗な蒼色の髪をなびかせた方。

姿を見た途端に、私は慌てて床に跪いた。

「テセア妃殿下、おはようございます」

側妃のテセア妃、ディノ殿下のお母様だ。

彼女は私達をチラリと見て、殿下の頭を撫でた。

「ディノ、身体は大丈夫？　お勉強の時間だけど、できる？」

「うん！　大丈夫……おべんきょうしたい！」

テセア妃の声と同時に、ディノ殿下は本棚から分厚い参考書を手に取った。代わりに持つと言っても、「大丈夫」と笑い、「よいしょ、よいしょ」と可愛らしい声を出しながら、勉強机に本を置く。

勉強と言っても、ノートを用いるわけではなく本を音読するような形のようだ。

私とヴォルフ様が壁際に下がると、テセア妃はディノ殿下の隣に腰かけ、柔らかな声をかけた。

「じゃあ、この間の続きからね。ディノ」

「うん！」

分厚い参考書を開き、ディノ殿下が勉強を始める。

護衛であるヴォルフ様とお付きの私は黙って見守るばかりだ。

それから二時間ほど経ち――

「はい、休憩。頑張ったわね。ディノ」

「うん、おかーさまと一緒だから、がんばれるの」

テセア妃の微笑みに、ディノ殿下は目いっぱいの笑顔で答える。

彼女は殿下の頭を愛おしそうに優しく撫でると、引き出しからお菓子を出した。

「じゃあ、ごほうびのクッキーよ。ディノ」

「やたー！」

甘い香りを放つクッキーを、ディノ殿下は美味しそうに食べ始める。

その姿に目を細めてから、テセア妃は私達にもお菓子の包みを渡してくれた。

「貴方達も食べなさい」

「い、いいのですか？」

テセア妃の言葉に、思わず聞き返してしまう。彼女が私の事を知らないはずもない。

王家の顔に泥を塗った罪人として、責められてもおかしくないというのに。

しかしテセア妃は女神のような優しい笑みとともに、頷いた。

「ブルーノ様からよく貴方の話を聞いているわ。もちろん今の状況もね？　いいの、貴方の絵本でディノもよく笑ってくれているから。あんなに美しい物語を作る人が悪い人だとは思えないわ」

私の作った物語のおかげで、信頼していただけている事が、本当に嬉しい。

三年間の準備、予想もしていなかった副産物には感謝しないと。

「さぁ、アーシアさんも気にせず食べて。ヴォルフ……貴方はもう少し気を遣いなさいね」

「すみません、甘味には目がなく」

気が付けばヴォルフ様は既にクッキーの包みを開けて、口に一枚放り込んでいた。

ヴォルフ様と側妃様が親しげなのは、日頃から護衛として話す機会が多いからだろう。

私もテセア妃に甘えてクッキーを一枚手に取る。

食べてみるが……これは病みつきになるほど美味しかった。

「あら……？」

そこでふと、テセア妃が声を上げた。

クッキーから視線を上げると、彼女はディノ殿下の手を取っていた。

どうやら殿下の手に黒い染みが付いているようだ。

「ディノ、また手にインクが付いているわ。一緒に洗いに行きましょう」

「え？　ほんとだ！　おかーさまと手、洗う！」

「このインク、落ちにくいから大変なのよね……」

そう言って仲睦まじく手を洗う二人は、市井《しせい》の親子となんら変わりないように見える。

愛おしい気持ちで二人と過ごし、しばらくして、テセア妃達のために給仕が昼食を持ってきた。

驚いた事に一つの料理に給仕が三人と、騎士が一人ついている。

おまけに毒見役や、毒が盛られれば変色する銀食器も揃えられているのだ。

その圧倒的な毒への警戒ぶりに、何か起こるはずもなく殿下達の食事は進む。

「……毒を盛られるタイミングはないですね」

「あぁ、そうだな」

私達はディノ殿下の私室の控室でシンプルな昼食を食べつつ、周囲に目を凝らしたが……

怪しげな者などいない。食事に毒を盛るのは、警備が厳重すぎてあまりに難しいだろう。

何事もなく昼食が終わり、テセア妃が殿下を抱っこした。

「ディノ、休憩時間は何がしたい？」

「きょうはね、おかーさまとお花をみたい！」

「ええ、行きましょうか」

私達も二人に連れ添って庭園へ向かう。

王城の庭園は色鮮やかな花が咲いており、惚れ惚れするほどに神秘的だった。

太陽のように黄色い花、真っ赤な薔薇、見た事もない花弁が黒い花までが咲き乱れている。

花に見とれる私に、隣でヴォルフ様が囁いた。

「陛下が庭園は大事にされていてな。花を好んでいるらしい」

「そうなのですね」

「陛下からの指示を受け、ウーグ大臣が自ら庭師と共に庭園の管理をしていらっしゃる」

「大臣が自ら……それは庭師も力を入れるでしょうね」

ヴォルフ様が教えてくれたのは、陛下と大臣の意外な素顔だった。

まさか陛下がお花を好んでおられるとは。

そして、それに応えようと政務を支えておられる大臣が奮闘し、ここまで鮮やかな花畑を維持しているのは驚きだ。

「おかーさま、みて！　お花のかんむり」

「上手にできたわね、ディノ」

「しゃがんで！　ディノからのプレゼント！」

綺麗で色鮮やかな花で作った冠を手に、ディノ殿下は嬉しそうに跳ねる。

テセア妃もしゃがんで見つめており、幸せの極みのような光景だ。

「っ!!　ごほっ！」

「ディノ!?」

だが幸せをかき消すように、ディノ殿下が大きな咳き込みと共に両手で口を押さえた。

継続して幾度も咳き込み、うずくまる。その手には血がついていた。

テセア妃が立ち上がり、強いまなざしでヴォルフ様を射貫く。

「すぐに医者を呼んで！」

「つだいじょぶ、だいじょぶだから、おか……さま。なか、ないで、ディノはだいじょぶ」

こんな時でも母を心配させまいと血を服で拭い、ディノ殿下が笑う。

顔は青ざめ、呼吸も苦しげなのに……胸が苦しくなるほど、殿下は気丈に振る舞うのだ。

「待っていてください、テセア妃殿下！　すぐにお医者様を！」

近くにいた使用人の方にお医者様を呼んでもらい、殿下をヴォルフ様が自室へ運ぶ。

ベッドに寝かされたディノ殿下はいまだに咳き込みながら、「だいじょうぶ」と繰り返している。

その光景に、医者を呼ぶしかできない虚しさが、私の胸を埋め尽くした。

健気で優しい子が苦しんでいて、何も出来ないのが悔しくてたまらない。

小説の通りならば、あと九日で殿下は病死する。しかしそれにしては——

私は医者に手当てをされるディノ殿下を見つめつつ、隣にいるヴォルフ様に囁いた。

「……殿下の容態は明らかに急変しました。つまり、私達の予想通りに、今日のどこかで毒を盛られたのではないでしょうか？」

「っ、確かに容態は急変していたが、今日のどこに毒など仕込むタイミングが……」

ヴォルフ様にそう返されて、私は俯く。

殿下は昼食後に体調を大きく崩していたなら、やはり食事に毒が含まれていたのだろうか？

でも、あれだけ厳重な管理、毒を盛るような隙はなかったはずだ。

他にどこかに違和感はなかったか。なんとしても探し出そう、必ず殿下を救ってみせる。

罪もない子供が殺された先で私達だけが生きても、意味がないのだから。

『禁じられた愛』の物語が始まる前に、ディノ殿下が辿る運命を必ず止めてみせる。

そう固く心に決めて、私は思考を巡らせ続けた。

翌日、ディノ殿下の元へ向かうと、彼は私達の来訪に元気に笑ってくれた。

しかしやはり顔色は悪い。まだ猶予はあるとはいえ、早く毒の在り処と詳細を特定しなければ。

毒の正体さえ分かれば、医療者に解毒剤を作ってもらえるはずだ。

「アーシさん、また来てくれたの？」

「ええ、殿下。しばらくお傍にいていいですか？」

「うん！」

また絵本を二人で読んでいると、昨日と同じくテセア妃がやってきた。

彼女は私の姿を認めると、わずかに目を見開いた。

「今日もディノに絵本を読んであげてくれているのね。ありがとう」

「アーシさんのえほん、ディノはだいすきなの！」

無邪気なその言葉にテセア妃はふわりと笑い、ディノ殿下の手を取る。

今日も次期国王として勉強の時間のようだ。

「ディノ……今日のお勉強はできそう？　辛ければやらなくてもいいのよ？」

「ううん。ディノ、おかーさまといっしょにおべんきょうするのすき！　だからやりたい！」

ディノ殿下も元気に振る舞い、テセア妃は心配しつつも勉強を開始する。

もちろん安静が一番だが、殿下はきっと母を心配させぬために気丈に振る舞っているのだろう。

早く毒物を見つけて、二人が安心して過ごせる日々を取り戻そう。

そう思い、彼らが勉強している時間は部屋の中を見渡していた。

でも、やはり怪しいもの一つ見つけられず時間は過ぎていき、勉強が終わってしまう。

「終わった〜」

「がんばったわね、ディノ。今日のごほうびよ」

ディノ殿下は参考書を閉じて、テセア様に期待の瞳を向ける。

そして昨日と同じく、クッキーをごほうびにもらっていた。

「ディノ、今日は何がしたい？」

「えっとね……ディノ、今日はおかーさまとおひるねしたい」

「ええ、いいわよ。でもその前に庭園でお日様を浴びにいきましょうか」

微笑ましい光景だ。二人が庭園に向かうのを見送り、私達はお勉強の後片づけをさせてもらった。

私は勉強道具を片づけ、ヴォルフ様が本を本棚にしまう。

その途中でヴォルフ様の手が止まった。

「なぁ、アーシア。この参考書を見てくれないか」

「どうしました？　ヴォルフ様」

渡された参考書は以前と同じで、特に変わったところはない。

綺麗な装丁に、殿下が勉強した所までを示す真っ黒な栞紐が挟まれていた。

「これが、何か？」

「中を見てくれ。昨日、殿下が勉強していたページを」

言われるままに本を開いて、じっくりと観察する。

そして、ヴォルフ様が伝えたい事を感じ取った。

「インクが……滲んだ跡がない？」

「昨日、確かに殿下の指にはインクが付いていたはずだ」

ヴォルフ様の言う通り、殿下の指にはインクが付き、それをテセア妃と洗っていた。

なのに、参考書をいくらめくってもページは真っ白なまま、文字のかすれもない。

インクが滲んだ手でページに触れれば、わずかながらでも滲むはずなのに。

「なら、殿下の指にインクが付いたのは……どこから？」

「分からない……」

「っ、待ってください。ここ……見てください」

私が指さすのは、本を開いた際の真ん中となる部分……ノドと呼ばれる部分だ。

栞などを挟むノドにわずかに黒い染みがある、インクで文字が書かれている箇所ではないのに。

今になって考えてみれば、他にもおかしな点はあった。

どうして殿下の指にのみインクが付いていたのだろうか？

同じ参考書に触れていたテセア妃の手にも付着してもおかしくはない。

それにインクは手汗などで滲み、付着したはずだった。なのにテセア妃は昨日、たしかに『このインクは落ちにくいから大変』と言っていた。

汗で滲むインクならば、水で落ちにくいとも思えない。

疑問を抱いてから考えるほど、殿下の指に付着したインクには違和感があった。

私は本から顔を上げて、ヴォルフ様を見つめた。

「ヴォルフ様……この参考書は半年前から勉強に使っているのですよね」

「あぁ」

私達の仮定では、王妃の協力者は妊娠に気付いてから殿下の毒殺を目論んだはずだ。

それが殿下の容態が悪化した、今から約一か月前頃だと推定できる。半年前から使っているという書籍に細工など出来ないと思うが……他に、何か細工できる場所があるのだろうか。

「誰か！　誰か!?」

「っ!?」

考えていた時、外からテセア妃の叫ぶ声が聞こえた。

私達が慌てて走り出ると、昨日と同じくディノ殿下がうずくまり、酷く咳き込んでいる。

「誰か……医者を！」

「すぐに呼んできます！　ヴォルフ様は殿下を寝台まで！」

慌てて医者を呼びに向かう。

駆けつけた医者に診られながら、ディノ殿下はテセア妃へと呟き続ける。

「だいじょぶだよ。ディノは……きっとだいじょぶだから」

「ディノ……ディノ……」

涙をこぼしながら、テセア妃が殿下の名を呼び続けている。

自分の子供が苦しむなど、耐えられない苦しさだろう。

結局、ディノ殿下は絶対安静となり、その後私達の面会すら禁じられてしまった。

歯がゆい思いと共に、ヴォルフ様と王家騎士団の執務室へ戻る。

椅子に腰かけるとすぐに、彼は深いため息を吐いて、こちらを見つめた。

「アーシア……やはり怪しいのは、あの指に付いていたインクだな」

「ええ、同感です」

だが、仮に本のインクが毒だとしても、不明点が多い。

殿下と同じく本に触れていたテセア妃には影響はなく、殿下の指にだけインクが付着していた事。

加えて、そのインクが洗っても落ちにくい事にも違和感が残る。

それに半年前から使われていた参考書、今になって毒を仕込むのは難しいはずだ。

ふと、先程見ていた参考書を思い出す。

あの時、インクが滲んだ跡が参考書のノドにしかなかったということは——

私は……大きな勘違いをしていたのかもしれない。

殿下の指に付いた黒い染みは、インクではなく。

本を使う際、殿下が触れる物こそが……毒だったのではないか？

「っ‼」

「どうした、アーシア」

私は慌てて、日本語が書かれていた医学本を取り出す。

そして、折り目のついたページ、毒草について書かれた箇所を開いた。

・イーグベリー＝染料として使われていたが、強い毒性があり使用中止。
また染料としても手に付着して取りにくいため不十分。
・クロホシ＝珍しい花色であり、根に触れた女性が体調不良を起こす毒性がある。詳細確認中。
・トリカフート＝最悪の猛毒を持ち、摂取すれば六時間で死に至る。解毒薬は存在しない。

書かれている内容を見て、確信に至る。やはりそうだ、殿下の手に付いていたのは毒ではなく……コレだ。医学本には、このことを知らせるためにページに折り目が付いていたのだ。

「ヴォルフ様、すぐにテセア妃達の元へ戻りましょう！」

「っ⁉　何か分かったのか」

「はい！」

ディノ殿下を苦しめた毒の正体と、毒に触れたタイミングがやっとわかった。

数多くの違和感への答えに導くヒントは、医学本に隠されていたのだ。

ヴォルフ様と執務室を出て、殿下の部屋へ向かう。

だがその最中、対面からやって来た人物が私達の前に立ちはだかった。

「こんな所で、何をしているのですか。ヴォルフ殿」

「……ウーグ大臣っ⁉」

ウーグ大臣は、平民出身ながら文官として優秀な功績を数多く残し、大臣へと異例の出世を遂げた方と聞く。王宮の庭園を手入れしていると聞いていたので、温和で優しい方だと思っていた。

しかし彼は、私とヴォルフ様をきつく睨みつける。

「アーシアさん。貴方は監視対象のはずだ。不用意に城内をうろつかないでもらいたい」

彼の言っていることに間違いはない。

しかし、今だけは――

「仰る通りです。では、どうかヴォルフ様だけでも通行の許可をください。すぐにテセア妃殿下に伝えないとならない事があるのです！　ディノ殿下は、毒を盛られています！」

「っ、何を言う。監視者をそのような流言で引き離すつもりか？　そもそもこの王宮で毒が盛られているだと？　王宮にまでそんなデマを流すようなら、拘留も致し方ありませんよ」

「っ！」

怒声を上げ、ウーグ大臣が私の手を掴もうとする。しかしその腕を、ヴォルフ様が止めた。

「俺が監視している。文句があるか？」

その声の鋭さにウーグ大臣は一瞬怯《ひる》んだように見えたが、すぐ声を荒らげた。

「離さんか！　私の命に背くなら、お前とて処罰を――」

だが……そんな大臣の怒声さえ、かき消す太い声が廊下に響いた。

「おうおうおう！　偉くなったのぉ！　ウーグよ!!」

視線を廊下の奥に向けると、なんと、ブルーノ閣下が豪快に笑いながらこちらに向かってくる。

しかしその笑みに反して、瞳はいつもと違って鋭く、恐ろしい。

「アーシア嬢は確かに監視対象だ。しかし、監視付きであれば調査に立ち入ってよいというのは陛下からの言葉あってこそと聞くぞ。……これ以上文句があれば、私が受け付けるが？」

ウーグ大臣の前に立ち、睨んだ閣下。身が震えるような威厳を感じ、思わず息を呑む。

それはウーグ大臣も同じだった。

「……っ」

「黙ってないで答えろ。何か文句があるのか？」

ブルーノ閣下が刺すような視線を向け、否が応でも緊張感が増していく。

流石に閣下には強く言い返せないのか、ウーグ大臣はぐっと唇を噛む。

しかし彼は暫し考えてから、絞り出すように声を出した。

「……王宮の管理について、私は陛下に任されております。陛下が許可を与えたと言うのも彼女の虚言では？　監視対象であるアーシアさんがこの王宮をうろつくなど、やはり許されません」

「その許可なら、もうすでに俺が正式に陛下からもらっている」

しかし、そんなウーグ大臣の反論に、ヴォルフ様があっさりと返した。

懐から書類を取り出し、それを見せる。大臣は呆然とした表情で書類に目を落とした。

「まさか、本当に……陛下がお認めに？　そ、それでも……世継ぎであるディノ殿下の傍に監視対象を近づけるなど！　あまりに不用心だ」

「……陛下の許可にさえ意見をすると？」

「彼女はディノ殿下に毒が盛られたなどと虚言を吐き、テセア妃殿下の心をさらに追い込もうとしているのです。放置はできませんよ！」

大臣の一方的な言い分に、私も言葉を返そうとした時だ。

ブルーノ閣下が手で制し、大臣を見つめた。

「ならウーグよ。アーシアがもしも虚言を吐いていた時……私も責任をとると誓おう」

「っ⁉」

息を呑んだのは私もだった。

ブルーノ公爵閣下が、私の自由を容認するために全責任をとると？

あまりの提案に、閣下以外の皆が唖然とした表情になる。

やがて、ウーグ大臣は掠れ切った声でブルーノ閣下に向かって言った。

「正気ですか？　彼女が公表した王妃の不義も、虚言である可能性は捨てきれないのですよ？」

「虚言なら見事だ。三年間も準備をした末に王家を騙すのが目的ならば、喜んで首を差し出そう」

「……馬鹿げています。こんな小娘を信じるなんて」

大臣が俯き、ぼそっと呟く。

だが、その瞬間にブルーノ閣下が彼の首を掴み、壁に押し当てた。

「なっ⁉　がっ、ぅぐぅ……」

「彼女を小娘などと蔑むのは許さん。これ以上の問答は必要あるか？」

「し……しかし……王宮の規律があります。こんな事を認める訳には」

なおもウーグ大臣はそう言い続ける。

すると、ブルーノ閣下はふと腕の力を緩め、大臣の瞳を見据えた。

「なぁ、ウーグよ。お前の文官時代……誰よりも世話をしてやった恩を忘れたか？」

その言葉を聞いた瞬間、ウーグ大臣の瞳が初めて揺らいだ。

「あの時の恩を返すと思ってくれればいい」

「私も、貴方には感謝しております。しかし……」

「少しの間だけだ。優秀なお前なら私が言い出した事は諦めぬと、知っているだろう？」

怒りから一転して、優しく諭すような言葉遣いだ。

ウーグ大臣の表情が何度も変わる。そしてしばらく考えてから、諦めを含んだため息を吐いた。

「……何事をない事を、心から祈っておりますよ」

大臣はもうそれ以上の反論は述べず、黙って通路を歩いていく。

しかし曲がり角で姿が見えなくなる間際、チラリと私を睨んだのだけは分かった。

私はそれを振り払うように頭を勢いよく下げた。

「ありがとうございます。閣下」

「感謝いたします。ブルーノ公爵閣下」

ヴォルフ様もほとんど同時に頭を下げる。

だが、閣下は豪快に笑ってから手を横に振った。

「よいよい！　使い道のなかった過去の恩を消費しただけだ。気にするな」

そうはいっても、ブルーノ公爵閣下には本当に助けられている。

お礼ぐらいしか言えないのがひたすらに歯がゆい。ぐっと手を握り締めていると、ぽんと背中を叩かれた。顔を上げると、どこか悪戯っぽい笑顔でブルーノ閣下が私を見ている。

「そういえば嬢。シュイクとは仲良くしているか？」

「シュイク様ですか？」

意外な名前に目を瞬く。

王家騎士の一人で、私を迎えに来てくれた方だ。……あの人がどうしたのだろう。

「実は、あやつは私の息子でな。剣の腕も頭も良い。おまけに顔も私譲りで美男子だろ？　もし恩を感じてくれるなら、見合いの席を設けさせてくれ。妻と会う機会にもなるだろう」

そう呟いて、閣下はニヤリと笑う。

どうやら冗談とばかりに思っていた『私を娘にする』という計画は継続していたようだ。

こんな時でもしたたかな方だ、と思わず笑ってしまう。

すると、私の表情が緩んだのに気が付いたのか、ブルーノ閣下は笑って肩をすくめた。

「……なんてな。冗談だ、急いでいたのだろう？　すぐ向かうといい」

「っ!!　そうでした！　ありがとうございます！　閣下」

ブルーノ閣下に改めてお礼をしつつ、私達は殿下の部屋へと走り出す。

その最中で、ヴォルフ様が呟いた。

「閣下は流石だな。まさかあの厳格な大臣を言いくるめるなんて……」

「そうですね。本当に感謝しないと」

国王陛下、ブルーノ閣下……監視中の身にもかかわらず、私を信じてくださった二人の期待に応えるために、殿下を救ってみせる。そう思い走った時……私の思考に先ほどの閣下の言葉がよぎる。

『虚言なら見事だ。三年間も準備をした末に王家を騙すのが目的ならば――』

確かに私は医学本の日本語を見て前世を思い出し、三年前から準備をしていた。

でも、私がブルーノ閣下にその事を言ったことはあっただろうか……

「どうした？　アーシア」

「……」

私が三年前から動くのを知っていた人がいるとしたら……

あの医学書に日本語でメッセージを書き込んだ人物のみのはず。まさか閣下なのだろうか？

その考えが思考を埋め尽くす間際、首を横に振った。

いや、そんなはずない。王妃の不義について私が申し伝えた時のブルーノ閣下は、そのことを初めて見聞きした反応にしか見えなかった。

では、どうして……

その疑問と共に振り返るが、ブルーノ閣下はもうすでにいなかった。

焦れたような様子で、ヴォルフ様が私を見つめる。

「アーシア、何をしている。すぐにディノ殿下のもとへ向かわないと……」

「そ、そうですね」

疑問の答えは、次にブルーノ閣下に会う際に聞いてみるしかない。

『禁じられた愛』を止めるためにも……今は殿下の命が最優先だ。

第五章　利用された愛

辿り着いた殿下の部屋の前では、テセア妃が泣きながらしゃがみこんでいた。

医者が感染症を警戒しているため、部屋に入れてもらえないのだろう。

「誰か……誰か、ディノを助けて、誰でもいいから。お願い……」

あの凛々しく気丈に振る舞っていたはずのテセア妃が、涙を流す姿に心が痛む。

少しでも早く楽になってほしくて、私は駆け出した。

「テセア妃殿下！」

「っ⁉　ディノが、ディノが……ついに意識を失って……」

私の姿を見た瞬間、テセア妃はすがりつくように私の服の裾を掴んだ。

酷くしゃくり上げる彼女の肩をそっと支え、目を合わせる。

「安心してください、テセア妃殿下……ディノ殿下は必ずお救いいたします」

「え……何を……言って……？」

「毒の正体が分かったのです。いま、それをお医者様に伝えますから――」

戸惑うテセア妃の横をすり抜け、ヴォルフ様がドアをノックする。わずかに開いたドアから、部屋内の医者達に私が見つけた毒を伝えた。医者達は疑わしげに話を聞いていたが、ヴォルフ様が断言すると、そのうちの何人かが解毒剤を処方するために医務室へと駆け出した。

ヴォルフ様は残った医者に、部屋から毒の元凶である物を持ち出させて、テセア妃へと見せた。

「テセア妃殿下。これこそが毒だったのです」

「え……これは」

テセア妃が目を瞠《みは》る。

それは……ディノ殿下が勉学に使う参考書だった。

私はその参考書を開き、テセア妃に見せる。

「参考書。この栞紐に、毒が染み込ませてあったのです」

ディノ殿下が勉強に使う参考書の栞紐こそが、一か月前から殿下を苦しめた元凶。親子の愛を利用した最悪の毒の正体だ。

テセア妃は呆然とした表情で、参考書の黒い栞紐を見つめた。

「栞紐……？　これに毒が？」

「はい、テセア妃殿下。これはイーグベリーという染料で染められています」

「イーグ……ベリー？」

私は持ってきていた医学本を開き、その項目を指し示した。

・イーグベリー＝染料として使われていたが、強い毒性があり使用中止。
　また染料としても手に付着して取りにくいため不十分。


殿下の指に付いていた黒い染み。

あれは、イーグベリーという染料で染めた栞紐から滲んだものだったのだ。

「ディノ殿下の手には黒い染みがありました。最初は本の活字のインクが染みていると思いましたが、参考書の紙にはインクが滲んだ跡がなかった。指にインクが付くなら、紙にも滲んだっておかしくないはずなのに」

私の言葉に、テセア妃の視線が参考書に落ちる。

まだ疑いのある視線に、確証となり得る証拠を示すため、私は参考書の中心を指し示す。

「しかしこちらをよく見てください、本のノドの部分です。ページには一切染みがないのに、ここには黒い染みがあります。この部分に挟む物は何か、答えは歴然としております」

テセア様の瞳が揺らぎ、私が指さす栞紐を注視する。

「ディノ殿下の指にだけ黒い染みがあったのも、栞紐からなら納得がいきます」

「あの子が……参考書を開くから？」

「ええ。栞紐だけは本の開閉時に使用者だけが摘まみ、本に挟みますから」

テセア妃はディノ殿下が栞紐を挟んでいた動作を思い出したのか、目を見開く。

私は苦い気持ちでゆっくりと言葉を続けた。

「勉強の度に、ディノ殿下は栞紐を摘まんでいたはずです」

優しい殿下は、参考書を自ら率先して運び、栞紐も自分で挟んでいた。

これで、殿下の指先だけ黒くなっていた理由が分かる。毒を仕込んだ細工だって、栞紐だけ染めるなら一か月前でも十分に可能だ。

「で、でも……ディノはいつも昼食前には手を洗って……」

「ええ。ですが、殿下にはごほうびがあったのです」

「っ⁉　まさか、いつも食べさせていたクッキーが……」

「はい。あれだけは……殿下の指に毒がついた状態で飲食していたものです」

反吐が出るほどに、残酷な手法だ。

ディノ殿下は母親に心配をかけまいと、次期国王を目指して勉学に励んでいた。

そしてテセア妃は、そんな愛し子を労うためにとお菓子をあげていた。この流れを知っている何者かが、栞紐に毒を染めこんだのだ。

――指先に毒のついたままの殿下が、クッキーを食べる事を狙って。

「少量の毒を少しずつ摂取していくうちに、毒物が殿下の身体を蝕んでいったのでしょう」

「そんな……」

染料で人を殺すのは、決して無理のある話ではない。前世の偉人、ナポレオンは染料に含まれたヒ素によって亡くなったとも言われている。

染料の毒は知らぬ間に摂取してしまう事もあり、前世でも悲惨な事件を生んでいた。

しかし、この毒を仕込んだ者はそれらを意図的に仕組んでいたのだ。

親子の愛情を利用した……許せない外道。

すべてを知ったテセア妃は、その優しげな表情を歪めて、ぼたぼたと涙をこぼす。

「私が……あの子にクッキーをあげていたから……私がディノを苦しめて……」

「違います。決して貴方のせいではありません！　テセア妃殿下」

テセア妃の手を取り、全力で否定する。

決して、彼女のせいではない。それだけは伝える必要があった。

「これは……親子の愛情を利用した下劣な者の犯行です」

「っ……」

「母としてディノ殿下を愛していたテセア妃殿下に非などあるはずない。ディノ殿下もきっと、貴方に責任など感じてほしくないはずです！」

ボロボロと涙をこぼし、罪悪感に苛《さいな》まれているテセア妃の姿に心が痛む。

――ごめんなさい。もっと早く気が付いていれば。

気が付けば自分まで泣いてしまいながら、「どうか、自分を責めないでほしい」と言い募る。

その言葉に、テセア妃はやがてわずかにだけ微笑んでくれた。

「…………ありがとう。アーシアさん」

テセア妃の瞳に元気が戻り、彼女は立ち上がり、ドアを見つめた。

「ディノは強い子よ。だからきっと……貴方のおかげで治るはず」

「はい。毒物の詳細が分かり、処方すべき解毒剤が判明しました。あとは……殿下の容態が戻るのを祈りましょう」

「ええ。あの子が回復したら、またこの部屋に来てくれる？　きっとあの子も喜ぶから」

「はい！　……今は、殿下の無事をお祈りいたします」

テセア妃は殿下の様子を見守るために部屋へと入っていく。

私とヴォルフ様はこれ以上出来る事はなく、その場を後にした。

毒は判明して解毒剤は処方された。ここからはもう、ディノ殿下の回復力を信じるしかない。

「頑張ってくださいね、殿下」

また、私がいくらでも絵本を読みますから。

だから、必ず起きてください……ディノ殿下。

◇◇◇

その後、医者の尽力により解毒剤はすぐに処方された。

しかし、ディノ殿下の意識は戻らなかった。

そうして幾日か過ぎていき……

物語ではディノ殿下が亡くなってしまう運命の日となった。

「……アーシアっ！　ディノ殿下の意識が戻ったそうだ！」

王家騎士団の執務室に居た私に、ヴォルフ様がそう叫んだ。

慌てて殿下の部屋へと向かえば、テセア妃が涙を流して、ベッドの上でわずかに体を起こしたディノ殿下の手を握っていた。

「ディノ……もう、痛くない？」

「うん、だいじょぶだよ。もうどこもいたくない」

「良かった……本当に、良かった」

愛おしそうにディノ殿下の頬を撫でるテセア妃の涙を、殿下が小さな指で拭う。

「おかーさま。かなしいの？」

「ううん、ちがうの……ディノが無事で、嬉しくて……泣いているのよ」

「うれしくてなくの？」

「ええ、そうよ。貴方が起き上がってくれて、本当に嬉しいの」

「……じゃあね、ディノもね……泣いて、いい？」

ぽろぽろと、ディノ殿下が涙を流す。

「ディノはね、おうさまになるの。みんなにしんぱいさせちゃだめだから、がまんしてたの。でも……もうないていい？　もう……がまんしなくていい？」

そのまま、ディノ殿下はぎゅっとテセア妃の手を握る。

テセア妃は目を見開くと、ぼろぼろと涙をこぼしたまま、殿下の頭を撫でた。

「何言ってるの、ディノ。我慢せずいっぱい泣きなさい。お母様に心配ぐらいさせて」

テセア妃がそう呟いた瞬間、ディノ殿下が身を起こして、彼女に縋りついた。

今まで気丈に振る舞っていたその瞳から、大粒の涙がこぼれ落ち、しゃくり上げる声が響く。

「ずっと、くるしくてね。ディノ……こわかった」

「うん。うん……」

「おかーさまと離れちゃうかもしれなくて、ずっとこわかったの。こわかったよ……」

「ごめんね……もう、絶対にディノに怖い思いなんてさせないから」

「ディノ……もう……だいじょぶ？　ずっとおかーさまといっしょ？」

「ええ、絶対に大丈夫よ。もう二度とディノが苦しまないように、お母様も頑張るから」

テセア妃が頬笑み、ディノ殿下を抱きしめる。

殿下はその胸元で涙を流し続けた。

気丈に振る舞っていたが、殿下は幼い子供だ。

その心中は怖くて、辛かったに違いない……この涙が当然なのだ。

「おかーさま……」

「ディノ……もう、大丈夫よ」

私とヴォルフ様は親子の時間を邪魔せぬように、そっと部屋を出た。

「助かって、良かったな……」

「そうですね……本当に」

「涙、拭いておけ」

「ごめんなさい、嬉しくて……」

ヴォルフ様に渡されたハンカチで涙を拭い、改めて殿下を救えた嬉しさを実感する。

今日で確かに『禁じられた愛』の始まりであった殿下の死を防ぐことができたのだ。

でも、それだけで許しはしない。

「陛下も毒の件を知った。すでに調査も始まっている。いずれ、犯人も――」

「いえ、ヴォルフ様……もはや、そんな悠長に待っていられませんよ」

「何？」

ヴォルフ様が目を見開く。私は懐から一枚の紙を取り出して彼に見せた。

「殿下が起き上がるまでの数日間、私はメリット商家にこれを作ってもらっていました」

「っ!?」

ヴォルフ様がその紙を見て、絶句する。

――これは、此度の殿下の暗殺未遂を大々的に知らせる号外だ。

さらに、私達が推測していた……王妃のこれまでの避妊と、殿下の死後に行われる予定だった計画『禁じられた愛』での王妃側の思惑を、事細かに記している。

「これが、今日の午後には王都中にばら撒かれます」

「なっ……」

「親子の愛を利用し、幼い子供を殺そうとした外道に報いを与えるのを、悠長に待っていられません。ここからはこちらが動きます」

私がメリット商家に頼んだのは、ディノ殿下の暗殺未遂に関する号外を王都中にばらまく事だ。

明るく賢明な殿下は民から愛されていた。この号外によって民達は怒りの声を上げるだろう。

そうなれば、もはや王妃の不義どころの話ではない。

隠蔽などできない騒動になり、皆が王妃側の罪を調べ……逃げ場など消していくはずだ。

「これで王国の全てが総力を上げ、徹底的に真偽を確かめるために動き出します」

もう私個人の力を超えて、疑いは王国中へと広がっていく。

毒の発見により、王妃側の思惑は確定した今……ここからは、国の全てを巻き込んでいこう。

「……本日からは、私達が彼らの罪を暴く番です」

『禁じられた愛』……その物語は終わりを告げ、ようやくここから、私の物語が始まる。

これは誰の物語・三（サフィラside）

私――サフィラと、国王陛下――ガイラス様の結婚は幼い頃から決まっていた。
婚約を結んでからずっと私達は仲睦まじくて、互いの意志と関係なく組まれた結婚にしては、共に過ごす日々を幸せに感じていたと思う。

「ガイラス様、今日も庭園に行きましょう」

「サフィラ。お前は……花が好きだな」

「貴方と一緒に見る花が好きなんですよ」

私が何かを要望すれば、ガイラス様は忙しくても応えてくれる。

無口だけどいつも優しくて、愛されている実感が胸を満たした。

でも……私が王妃となってから、関係は大きく変わってしまった。

二年間、私が子を孕めなかったのだ。

私達の婚約期間よりも短い期間、たったそれだけの期間に望みの結果が出なかっただけなのに……

「サフィラ。すまない……」

ガイラス様は側妃、テセアを娶《めと》ってしまわれた。

王室には次代の世継ぎが必要だ。だから私の代わりに孕むための女性が用意されたのだ。

たった二年間、子を成せなかっただけで、私達が長く育《はぐく》んできた愛に代役が立てられた。

そんなのは嫌だと伝えるために、私は自身の政務を放棄した。

そうすればガイラス様が振り向いてくれると思って……

しかし最悪なことに、側妃はすぐに子供を孕んでしまった。

そのせいで、政務も放棄していた王妃である私の面子は丸潰れ。

ガイラス様が嬉しそうに側妃様と接する姿を見るたびに、嫉妬で身が焼かれた。

悔しかった、苦しかった……惨めだった。

さらに追い打ちをかけ、ガイラス様が私に告げたのだ。

「サフィラ……君の政務は余が引き受ける。そして月に一度は閨《ねや》を共にしよう。今はテセアも大事な時で、君との時間は作れないが……余は君も愛している」

――あなたと会えるのは月にたった一度だけ、他の日はテセアと過ごすというの？

そんな待遇で「愛している」なんて言われても、形だけの言葉に思えた。

寵愛は側妃様に向いて、私へと向ける愛は消えてしまったのだ。

それに気付いた瞬間、寂しさで心が締め付けられて……悲しみで死にたくて仕方なかった。

あの日、城内で私が泣いていた時にレジェスから話しかけられるまでは……

「サフィラ王妃、大丈夫ですか？」

あの一言。レジェスに出会い、話しかけられた時、思い出したのだ。

「っ……」

前世の記憶が蘇り、私は『禁じられた愛』の物語の中にずっといたのだとすぐに気付いた。

当然だ、だってあれは……私が書いた物語なのだから。

『禁じられた愛』は私の物語で、完璧な幸せへと王妃を導くために私が書いたもので……

だが思い出した記憶と同時に脳裏に蘇るのは、耳鳴りのように響く声だった。

『私の物語を返して……貴方に頼んだのはそんなことじゃ……』

「っ‼」

嫌な事を思い出してしまい、寝台から身を起こした。

今世での苦い過去と……思い出したくもない、前世での忌々しい一言。

自殺したあの女の言葉に……封じていた罪悪感を撫でられたような気分だ。

「今更……こんな事を思い出させないでよ」

前世の記憶を考えぬようにして、今を考えよう。

私はベッドの横に置かれた銀の水差しから水を汲み、ごくりと飲んだ。

それからふと内心で呟く。

ガイラス様は不義を犯した事を王家への侮辱と言ったが……私は悪くないはずだ。

だって、ガイラス様は側妃と愛し合っているのに対して、私は何？

王妃が寵愛を失ったら、私は誰にも愛されてはいけないの？

そんなの、鳥籠に囚われたのと一緒だ……私にだって誰かを愛し、愛される権利はあるはず。

「そうよ、私は悪くない。……私だけが陛下以外の誰も愛しちゃいけないなんて不公平よ」

不義を疑われてしまったが、この物語はきっと幸せに進む。

愛するレジェスとの子を予定通りに妊娠できたのだから。

これであの殿下の病死が決まり、『禁じられた愛』、私が書いた物語が完璧に進行するはずだ。

考えている内に気分が楽になってきた。その気分に浸りたいのに、部屋にノックの音が響く。

――なんだろう？

顔を出すと、大臣のウーグが焦り交じりの瞳で私を見つめていた。

「……外の監視はどうしたの？」

「入れ替えのタイミングで私の手の者が止めております。しかし……五分が限界です」

「それで、何か用？」

ウーグは、『禁じられた愛』の隠れた設定持ちのキャラクターだ。世継ぎ不在を望み、国家転覆を考えたということになっている。

私が彼の言う通りに避妊薬を飲む対価として、今までレジェスとの不義を隠蔽してくれてきた。

そんな彼の焦った様子に、思わず顔を顰《しか》めてしまう。そして彼は私が聞きたくない言葉を告げた。

「……計画が破綻いたしました」

「は？　何を言っているの……？」

問いかけた言葉と共に、扉の隙間から紙が差し込まれた。

それを見て、心臓が大きく跳ねる。

何……これ？

「王都中で撒かれた号外です。殿下毒殺の計画が明かされてしまった……もはや終わりです」

「ふ、ふざけないで！　こんな事を……誰が？」

「あの女性――アーシアの仕業です……私の思う以上に行動が早く、対処が追いつきません」

そう言って、ウーグが唇を噛みしめる。

いや、それよりもディノ殿下は物語通りに病死するはずではなかったの？　私の妊娠をキッカケに物語が始まり、殿下の病死という運命が確定したと思っていたのに。

疑問と同時にハッとして、私はウーグの肩を掴んだ。

「ウーグ！　ディノ殿下はどうなったの⁉」

「解毒剤にて助かりました」

「え……」

あっさりと告げられた言葉が信じられなくて、膝から崩れ落ちてしまう。

思い描いた『禁じられた愛』の幸せが遠ざかっていく。

始まりであった殿下の死が……回避されたなんてそんな……

「な、なんで？　殿下は死んでいないの？」

「ええ……アーシア、彼女が毒を見つけてしまった」

物語通りならば、ディノ殿下は今日には病死するはずだった。

だけど事実は、ウーグが毒殺を仕組んだ上での死であり……それが止められたということだ。

「ど、どうして殿下を毒殺だなんて……あの子は病魔に侵されるはずで……」

「どうしてだって……？　私がこんな凶行に及ばざるをえなかったのは、全て貴方のせいです！」

「っ‼」

ウーグの声が、酷く冷たく聞こえた。

私とレジェスの関係を長年隠し通してきた彼が、初めて激昂しているのが伝わってくる。

「私がこれまで隠して進めていた計画が、貴方達の失態のせいで台無しだ！　計画はあと半年で完了するはずでした。半年後、ディノ殿下は六歳となり各地へ祝会に向かう。その際に殿下を誘拐する手筈で進めると言ったはず。殺す予定ではなかった！」

潜めているとはいえ、鋭い声が私に突き刺さる。

「そ……それは」

「なのに二か月前……貴方は避妊薬を使わずに妊娠してしまった。だから急遽、殿下の毒殺を実行するしかなかったのです！　子の妊娠が知られれば、計画は頓挫するのだから！」

「ご、ごめんなさい。こんな事になるなんて……」

「想像もできませんでしたか？　浅はかにも勝手に動く貴方達には本当にうんざりだ！」

『禁じられた愛』の物語通りに進めれば幸せになれると思ったから、レジェスと夜を共にした。

避妊薬も飲まなかったのは、子を妊娠すれば幸せな物語が始まると思っていたから。

でも、意図してウーグの計画を無視したなど、今の結果で言えるはずがない。

「レジェスの行為もあまりにも杜撰《ずさん》。二人とも不手際だらけで私の手を煩わせてばかりだ。計画の協力者にした事を悔いているほどですよ……」

「……ごめん、なさい」

「この号外が撒かれたことで、もはや貴方が冷遇されたと偽って民を扇動し、陛下の退座を迫ることは不可能となった」

「な、なら……どうすれば……？」

妊娠によって物語が始まれば、あとはそのまま順調に進むはずだった。

なのに、それが止められたなら……どうすればいいの。

私の物語は、完璧に幸せになるはずだったのに、その道を失ったなんて。

絶望から問いかけた言葉に、ウーグはさらに怒り狂った様子で歯ぎしりをした。

「どうすればいいだって？　だから貴族共は嫌いだ……いつだって求めれば誰かに答えが与えられる環境で甘え、自らの過ちを改善もしない」

ぼそぼそと呟かれる怒りの言葉。

それから彼はふうふうと荒い息を収めると、幾分か落ち着いた声に戻って私に言った。

「サフィラ様。ここからは私の言うことを聞いていただきます。証拠隠滅のため……腹の子は、堕胎させる覚悟を持ってください」

「えっ⁉」

ウーグは、冗談など言わない。

本気だ。もしもの時はお腹の子を……証拠隠滅のために消す気だ。

「ひとまず貴方は動かないでください。まだ下手を打たなければ手はあります」

淡々とした口調に息を呑む。いつも忠実で、思慮深かったウーグとはまるで別人のようだった。

「立場を置いて命令します。私の計画を……これ以上邪魔するな」

「け、計画はまだどうにかなるの……？」

「私には、閣下がおりますから」

そんな言葉を残し、彼はどこかへと去っていく。

遠ざかる足音の中で、私はウーグの置き去った号外を握りしめた。

「このままでは……私の子が」

レジェスとの子は、私が幸せを迎えるために欠かせない。

手放す訳にはいかない。堕胎なんてすれば物語が破綻する……絶対に駄目よ。

『禁じられた愛』の通り、私は王家から離れて幸せになれるはずだった。なのにアーシア――物語のモブ悪女にすぎなかったあの女が予想外の行動をとるから、私の物語がおかしくなっている。

「もしかして、あの女には、私と同じく前世の記憶が……」

もしそうならば、アーシアを好き勝手させてはならない。

王妃としての権限を全て使い、私を貶した罪を負わせなければ。

もう私の物語を邪魔なんてさせない！

『ひとまず貴方は動かないでください。まだ下手を打たなければ手はあります』

ウーグはああ言っていたけれど、ジッとして動かない事が得策のはずがない。

ここから私自身で私の物語を、取り戻してみせる。

「そうよ……私は間違ってないはずよ」

物語をこれ以上、壊されてたまるか。

王妃を貶した罪であの女を断罪してみせると決意を固め、私は部屋を抜け出した。

第六章　止まぬ策略

ディノ殿下の意識が戻って数日。私とヴォルフ様は、殿下の部屋へと招かれた。

ドアを開くと、ディノ殿下が笑顔で迎えてくれた。

「アーシさん！」

まだベッドの上での安静状態ではあるが……

殿下の顔色は明るい。ほっとしながら彼のもとへと駆け寄る。

「ディノ殿下。お身体の具合はいかがですか？」

寝台に近づけば、殿下は私の手を小さな手で握ると、そのまま胸に当てて頭を下げた。

「ありがと。アーシさん」

「殿下!?　そんな、頭を上げてください！」

王族であるディノ殿下が私に礼など、とるべきものではない。

だが、傍で見ていた側妃のテセア妃も……殿下と同じく頭を下げた。

「貴方のおかげでディノは救われたわ。いくら頭を下げたって足りないぐらいよ」

「そんな、ここまで元気になれたのは、殿下が諦めなかったおかげです」

「アーシさん。ディノね、アーシさんのおかげですっごくげんきになったよ！」

「殿下……」

再び「ありがとう」と言って、殿下が私へと微笑む。

この元気で可愛らしい子を救えた事が……私も誇らしかった。

その手の温もりをしみじみと感じていると、ディノ殿下はこっそりと私の耳に囁いた。

「あのね、アーシさん。もうどこもいたくないからね……またえほんを読んでほしいの」

「……ふふ、もちろんですよ。殿下」

「やた！　だいすき！」

可愛らしいお願いに微笑みながら、私は本棚から絵本を持ち出す。

そして寝台の横の椅子に座ると、殿下は身を寄せて嬉しそうに笑う。

頑張った殿下にたっぷりと絵本を読んであげることにしよう。


時刻は夕刻となり、ディノ殿下は流石に疲れたのか、船を漕ぎだした。

テセア妃もようやく緊張の糸が切れたのか、椅子の上でうとうととしている。

そんな中、ヴォルフ様が私を部屋の外へと手招く。その様子に、二人を起こさぬよう部屋を出た。

「どうしました？　ヴォルフ様」

「無事に号外が王都に撒かれたと報告があった。王宮でも大急ぎで調査が進められている。……そして追加の朗報だ。ディノ殿下に毒を仕込める機会のあった容疑者を絞り込めた」

そう囁かれて、目を瞠《みは》った。

まさか短時間でここまでとは……陛下が本気で調査を始めてくださったおかげだろうか。

私が先をせがむように見つめると、ヴォルフ様は現在疑わしい人物を教えてくれた。

「容疑者は王宮内を単独で自由に移動でき、殿下不在時に部屋に入れた者だ。この時点で使用人は基本的に候補から外れた」

王宮の使用人は、買収阻止や相互監視のため、常に数人一組で動いている。

だからこそ、栞紐へ毒を仕込む細工などを使用人が行った可能性は低い、ということだろう。

ヴォルフ様は私が頷いたのを見て、さらに続けた。

「残った容疑者候補は、王妃を含めた王族。……加えて大臣のウーグだ」

その名前を聞いて、私はきゅっと唇を結んだ。

正直なところ、私は大臣が怪しいと思っている。以前に掴みかかられた時、「毒」という言葉に過剰に反応していたし、王妃の不義を隠せる権力者という条件にも合っている。

しかし、ヴォルフ様の名前の列挙はそれだけで終わらなかった。

「そして公爵位を持つ人間は、許可があれば王宮内での単独行動が許されている。この数ヶ月でその許可を受けていたのは、ブルーノ公爵閣下と……」

ヴォルフ様は文官から受け取っていたらしき申請書を数枚見せてくれた。

「サフィラ妃の父であるエレノア公爵閣下も、同時期に王宮内の単独行動を許可申請していた」

エレノア公爵家はサフィラ様の生家であり、ブルーノ公爵閣下と並ぶ大貴族の家だ。

王妃に協力して王家を乗っ取ろうとする動機と、条件は揃っていると言えるだろう。

「とりあえず、候補はその辺りだ」

「教えてくださり、ありがとうございます」

私は壁にもたれかかり、思考を進めた。

……この中なら、私はやはりウーグ大臣が怪しいと疑っている。

可能性を鑑みても、常に王宮内に居る大臣が最も毒を仕込む機会に恵まれていただろう。

ディノ殿下に毒が盛られていると聞いた時の反応も、焦りの方が大きく見えたし――

「なんて事をしてくれたの……アーシア！」

しかし、そんな思考を遮るような怒声が、突如として響いた。

視線を上げると、サフィラ妃が早足でこちらへ向かってくる。

そして、あれよあれよと言う間に、彼女は憤然とした様子で私達の前に立ちふさがった。

「あなた、何を勝手に王宮内で自由にしているの？　私は認めないわよ！」

――あなたも監視されていたのではないのですか？

釈然とせぬまま、私は王妃殿下の前に立つべき姿勢として軽く跪いた。

ただ、気持ちまで跪く気はまったくない。

「……サフィラ妃、私は陛下に許可を得ております」

「私を不当に貶《おとし》めた噂を流しておきながら、自由なんて許されるはずがないでしょう！」

「許されているから、ここに居るのです」

「それにこの号外は何⁉　こんな……私の名誉を貶《おとし》めるものをさらに流すなんて。よくも！」

王妃が見せてきたのは、今日王都に配られた号外だ。

もう、手に入れていたとは。

一瞬目を見開きつつも、その驚きを悟られないように、私は視線を伏せて口を開いた。

「この号外の通り……殿下に毒を盛られた件には貴方が関わっていますよね？」

「っ⁉　知らないわよ。私は……何も」

一瞬見せた動揺は、どこか知っている反応に見える。

ヴォルフ様もそれを感じてか、王妃の前に立った。

「サフィラ妃……貴方は監視対象のはずです」

「うるさいわね。どうせ毒を盛ったのも……その女が信頼されるための自演行為よ。この号外だって私をまた貶《おとし》めるためでしょう？　王家への非礼は、私が許さないわ」

サフィラ妃の叫びは止まぬ中、隣から扉が開く音がした。

三人の視線が開いたドアに集まる。そこにいたのはテセア妃だった。

「サフィラ王妃、今の発言はディノの命の恩人への侮辱です。取り消していただけますか？」

「……何を言っているの。貴方は騙されているのよ、テセア妃」

「いえ、騙されてなどおりません。ディノを救ってくれたのは、紛れもなくアーシアさんです」

テセア妃の表情は、殿下に見せていた優しい笑みではない。

王妃に毅然と立ち向かう……側妃としての顔だった。

「側妃の貴方が、王妃の私に口答えするというのね？」

サフィラ妃は苛立った様子でテセア妃を睨みつける。

「失礼な発言だとは承知の上です。その上でアーシアさんに謝罪していただきたいと言っています」

「ふざけないで！　私の代わりに選ばれたから思い上がっているの？　月に何度もガイラス様と会えて……愛されて満足？　私からガイラス様を奪った優越感はさぞ気持ちいいでしょうね」

「こんな所で、何を言っているのですか。それに陛下は貴方のためにだって時間を作っておられます……私とディノの所には、今はふた月に一度しか――」

言葉の途中で、サフィラ妃は耳を塞いで叫ぶ。

「聞きたくない！　私を犠牲に幸せになった貴方達の事なんて……」

「声でディノが起きてしまいます。せめて向こうで話し合えませんか？」

「あの子供が何？　私の立場を奪った子供がそんなに大切？　そんなに重要？」

サフィラ妃が怒りに任せて、言葉をまくしたてる。

そして……言ってはならぬ一言を発した。

「あんたが産んだ子供なんて……いっそ本当に死ん――」

パンッ！　と、乾いた音が響いた。

私が放った平手がサフィラ妃の頬を赤く染めたのだ。

……とても、我慢できなかった。

怒りをそのままに、私は彼女に向かって口を開く。

「その身に子供を宿しながら……貴方には子を想う気持ちはないの？」

「っ……わ、私に手を上げたのね。王妃である私に」

「王妃の格もない方を敬う気持ちはないわ。幼子の死を望む言葉を吐いたこと、恥だと思いなさい」

「すぐにガイラス様に報告させてもらいます。私に手を上げたなんて、重罪は確定よ！」

サフィラ妃が勝ち誇った笑みを浮かべる。

しかし、ヴォルフ様が呆れたように彼女を睨んだ。

「サフィラ妃、陛下には俺から全てを報告いたします。今の発言は許されるものではございません」

しかしその言葉にも、なんら感じるものはなかったようで、サフィラ妃は歪んだ笑みを浮かべた。

「貴方は王家騎士団としての役割を果たしなさい。私は王妃よ……罰するべきは私を傷つけたその女のはず。今すぐにその女を殺しなさい。これは命令よ！」

「出来ません。王妃としてあるまじき発言を見過ごすことなど出来ませんから」

「……なら職務怠慢で、貴方は職を失うだけね」

サフィラ妃がそう言った瞬間だった。

「何をしている……！」

ガイラス陛下が顔をしかめ、こちらへと向かってきた。

その姿を視認した瞬間、サフィラ妃が走り出し、瞬く間に陛下へと身を摺り寄せる。

「ガイラス様、聞いてください。あの女が私に暴力を働いたのです。すぐに処刑を願います！」

「どけ、サフィラ」

しかし、そんなサフィラ妃を躱すと、陛下はまっすぐにこちらへ近寄り、膝を落とした。

――どういうこと⁉

あり得ぬ光景に呆気に取られていると、陛下は私を見つめ、深々と頭を下げた。

「アーシア。我が息子……ディノを救ってくれたこと。王家を代表して心から感謝する」

先程のテセア妃達と同じく、ガイラス陛下は涙で瞳を潤ませている。

だが、それ以上に印象的だったのは、レジェスを愛していたはずのサフィラ妃が……

陛下の背後で取り残された彼女の表情が、酷く悲しげだった事だ。

自分ではなく、テセア妃とディノ殿下を優先された行為に傷付いているようであった。

「アーシア……君に、どれだけ感謝すればいいいか」

「っ、どうか顔を上げてください。陛下……私はディノ殿下が救えたなら、それで十分です」

一瞬、サフィラ妃に取られていた注意を慌てて取り直し、私はカーテシーの姿勢をとる。

陛下はそんな私に微笑みかけると、次はテセア妃に視線を向けた。

「テセア。ディノは起きているのか？」

「いえ、今は寝ています」

陛下はディノ殿下が寝ているのを知って安堵の息を吐き、テセア妃を労う。

そして最後に王妃……サフィラ妃へと振り返った。

「サフィラ……お前には監視を付けていたはずだ。なぜここに」

「ガイラス様！　聞いてください。この女は……王妃である私へと暴力を振るったのですよ」

サフィラ妃は質問に答えず、陛下の言葉を遮って再び叫んだ。

王妃としての品位の欠片もない行為だ。

ガイラス陛下はそんな彼女へとため息を吐き、ヴォルフ様を見つめた。

「ヴォルフ、報告を」

「はっ!!　サフィラ王妃殿下がアーシアに詰め寄りました。それを諌《いさ》めたテセア妃に対して……すみません、ディノ殿下の部屋のお傍で話すのは……憚《はばか》られる内容でして」

「小声でいい。ディノに聞かせたくない事なのか？」

「ディノ殿下が死んだ方がいいと、発言を……」

淡々と報告を受けるガイラス陛下に、サフィラ妃は額に冷や汗を浮かべた。

自身の言い分を聞いてくれる雰囲気ではないと悟ったのだろう。

その予測は正しく、ガイラス陛下はその瞳を怒りで燃やしてサフィラ妃を睨んだ。

「本気か？　サフィラ」

「ち、違うの……つい、頭に血が上って。本心じゃな――ッ!!」

「本心でなくとも……世継ぎであるディノの死を望む発言は、たとえ王妃とて看過できん」

「ち、違うの。ガイラス様……き、聞いてください！　っ、そうだ」

サフィラ妃は言い訳を思い付いたように号外をドレスのかくしから取り出して、見せつけた。

「ガイラス様。これをアーシアが王都にばらまいたのです。私が殿下を殺そうと計画したなどと貶《おとし》めたのですよ？　これは王妃への侮辱に他ならぬ行為でしょう！」

「……今は関係ない」

「関係あります！　そのような大罪人をテセア妃が庇うのです。信じられません！」

陛下に号外を見せて必死に喚く姿にふと気付いてしまった。

王妃が見せているそれは、証拠になり得るではないか……

「失礼します、サフィラ王妃殿下」

「な、何よ!?」

皆は気付いていないようなので、言っておいてあげよう。

私は、サフィラ妃の手元を指して、首を傾げた。

「その号外、どこで手に入れたのですか？」

「王妃殿下には監視が付き、ずっとお部屋にいたのですよね？　そんな中で、この号外はどこで手に入れたのでしょうか？　撒かれたのは王都です。誰かがわざわざ渡しに来たのですか？」

「……え？」

「……っ!!」

「答えてください、誰から受け取ったのですか？」

サフィラ妃が掘った、明らかな墓穴。

恐らく協力者から情報を受け取ったのだろう。

そして怒りのまま、証拠を手にこんなところまで来てしまったのだ。なんて失態。

これほどこちらに有利な情報を落としてくれるなんて……感謝したいぐらいだ。

「つ、通路に落ちていたのよ！」

「言い訳にしては苦しいですね」

ヴォルフ様がついといった様子で、ツッコミを入れる。

サフィラ妃の反応、慌てぶりを見れば、本当に考えなしに動いてしまっているようだ。

これでは、王妃の協力者にすら同情してしまう。協力者は長年不義を隠し通し、栞紐にあのような細工ができる知恵がある人物だ。警戒していたが……協力する相手を選ぶ慧眼はなかったようだ。

私とヴォルフ様、そして陛下の冷たい視線に晒《さら》されて、サフィラ妃が手を震わせる。

「わ、私は……」

「もういい。号外は誰かに渡されたのだろう、サフィラ」

言いよどむサフィラ妃の声を遮り、ガイラス陛下がため息を吐いた。

「サフィラ、余はお前を信じていたのだぞ」

「ガイラス様……私は……信じてください」

「……もはや言い逃れはできん」

ガイラス陛下は懐から紙を取り出し、サフィラ妃へと突き付けた。

「本来はこのことについてアーシアと話をしに来たところだったのだ。——彼女が示した恋文に記載されたレジェスの護衛の日付、サフィラの装飾品等の照合が全て合致した。……あの恋文はアーシアには偽装できない物である」

「そんな……」

「加えて……アーシアの言う通り、この号外は、お前が監視中の身でありながら許可なく部外者と接触していた証拠に他ならない」

せめて、護衛の騎士が持ってきた、とでも言っておけばここまで断定はされなかっただろう。

しかし彼女の言い訳はあまりにも拙《つたな》かった。

「ち、違うの……ガ、ガイラス様」

「不義の疑いは黒に近く、その身に宿る子が産まれるまで自由は許さん。お前を拘束する」

「ガ、ガイラス様……お願いです。私を信じて……」

陛下は泣きじゃくるサフィラ妃を無視して指示を飛ばし、城内の衛兵達を呼びよせた。

忠実に指示に従う彼らは、必死に弁明する彼女を無慈悲にも拘束していく。

冷たい鉄の籠手が、王妃の手首を掴み上げる。彼女は必死の形相で、陛下を見上げた。

「ど、どうして……信じてくれないの？　ガイラス様！」

「信じてほしいなら、その号外を渡した相手をすぐに言え」

それは陛下からサフィラ妃への、わずかな温情だった。

けれど、彼女はその問いに視線をさまよわせ、沈黙を貫く。

陛下は沈痛な面持ちで手を伸ばし、拘束された彼女の頬を撫でた。

「サフィラ、余の何が悪かった」

「っ……」

「余は、民や国のために尽力しながら……出来る限りお前の傍に居たつもりだ」

「わ、私は」

「お願いだ、話してくれ。素直に全てを……」

陛下の声色に怒気はなく、真実を懇願するようであった。

しかし、サフィラ妃は青ざめた表情で視線を逸らすばかりだ。

「し、信じてくださいガイラス様。私は本当に潔白です。やましいことなど何もないの」

「今もお前を信じたい。……だが、状況証拠が揃いすぎている」

小さく呟き、陛下は衛兵達にサフィラ妃を連行させた。

彼女が去ったあと……陛下は窓から見える庭園に視線を向けた。

赤、黄、黒——色とりどりの花が咲く花畑を見つめて大きな息を吐く。

陛下は花を好み、ウーグ大臣に管理させてまで庭園を大切にしていると聞いた。

しかし花を見つめる陛下の瞳は、ただ花を好んでいるにしてはあまりに寂しげだ。

「すまないな、見苦しい言い合いを見せた」

陛下は乾いた笑い声を上げ、視線を私に移す。

「アーシア。君が示した通り、サフィラの不義の証拠は十分すぎるほど揃っている。嫌でも信じたくなるほどに」

言外に陛下の哀愁が感じ取れるのは、サフィラ妃を想ってのことだろう。

私が無言で頷くと、陛下は静かに言葉を紡いだ。

「王妃の協力者については君が撒いた号外に書かれた計画を含め、余の方でも調査を進めておく」

「ありがとうございます。陛下の協力が得られるなら心強く存じます」

「余も感謝している。ディノの身を救い、また元気な姿に会わせてくれたのだから」

そう呟いた陛下は、ふと何かを思い出したように懐を探った。

ヴォルフ様に視線を向け、何かを渡す。

「そういえば……ヴォルフ。これはお前が持っていた本だろう？　王室の外に落ちていたぞ。管理には気を付けよ」

「え？」

陛下が渡してきた本を見て、目を見開く。

それは……見知った医学本だったからだ。

ヴォルフ様は私に視線を向け、落としていないと伝えるように首を横に振り、陛下に視線を向けた。

「陛下は、この中身を見ましたか？」

「いや、これを拾い上げた時に恋文の整合性が取れたと報告を受けてな。アーシアに伝えるため、居場所を聞いてここへ向かって来た。中身など見ておらん」

陛下の答えと共に、慌てて本を開こうとする。

しかし、私達の騒ぎで起こしてしまったのか、タイミング悪くディノ殿下が部屋から顔を見せた。

「おとーさま！　きてくれたの？」

「おぉ、ディノ。忙しくて見舞いに来れずすまなかった。息災だったか？」

「うん！　元気だよ！　いっぱいおはなししたい！」

「あぁ、そうだな」

ディノ殿下に微笑みつつ、陛下は私に「また話をしよう」と言い残し、部屋へと入っていく。

残された私とヴォルフ様は、二人だけで、改めて意識を医学本へと向けた。

「俺の本は、執務室に置いているはずだ」

「私もです。ならこれは……」

自然と医学本の表紙をめくる。見慣れた最初のページには、やはり文字が記されていた。

『陛下、名乗り出る者は信じず。アーシアを信じてご判断ください』

新たなメッセージ。今までと違っているのは日本語ではないこと。

そして、私の名前まで書かれているのだ。

「どういうことなの？」

名乗り出る者、とは誰のことだろう？　疑問が溢れて止まらない。

この明らかに陛下に宛てたメッセージの意味、その答えが分からぬまま時間が過ぎていった。

結局、忙しい陛下にそのことを伝える機会もなく数日が経った。

その期間に、事態は大きく動いた。サフィラ王妃の父であるエレノア公爵が自死したのだ。

彼は、『ディノ殿下の毒は、全て自分の独断によるもの。娘のサフィラは一切関係なく、号外に書かれた計画には自分以外、誰も関わっていない』と、自白と思わしき遺書を残していた。

公爵閣下の死という衝撃的な話も相まって、瞬く間に王国中に広まっていく。

私が作った疑惑の波が、エレノア公爵閣下の独断によるものという声に押し潰され始めたのだ。

まるでサフィラ王妃への疑いを消すように、事態は幕引きを迎えようとしていた。

これは誰の物語・四　（レジェス side）

それは突然の出来事であった――

近衛騎士団内の執務室で机に向かっていた俺に、部下の一人が殴りかかってきたのだ。

「団長、見損いましたよ！」

「っ!!」

不意をつかれ、身体が地面へと倒れこむ。頬に鋭い痛みが走って呆然と見上げた。

何が……？　と戸惑う俺のことなど気にせず、部下が馬乗りになり、さらに拳を振り上げる。

遠巻きに見つめる他の騎士は、彼を止める気配もない。

「やめろ！　俺が何をした!?」

「何をした？　近衛騎士団長の立場でありながら、妻を虐《しいた》げる非道が許されると？」

「っ!?　まて、なんで知って……っ!!」

再度殴られ、口の中に血の味が広がる。彼のわめき声が頭の中に響く。

どうやら、王妃が意図的に避妊を繰り返し、加えて世継ぎ不在で現国王の失脚を図るため、ディノ殿下の毒殺を目論んだ疑いがあるとの号外が王都にて出回ったという。

その流れで部下達は、俺に嫌疑の目を向け、アーシアとの過去を調べ上げたようだ。

「あんたは、どの面さげて……俺らに騎士団の教義を語ってたんだ！」

「っ!!……俺にも、事情があったのだ。やめろ！」

いくら言い訳を吐いても、周囲の視線が嫌でも刺さる。

今や俺を擁護する者はまったくいない。あるのは侮蔑、嘲笑、嫌悪の視線だけだ。

「不義の疑いだけでなく、元奥さんへの扱いも到底、人の上に立つ人間のする事じゃない」

部下は俺に覆いかぶさる。その泣きそうな顔で睨まれて、無言で視線を背ける。

何も言い返せない。思い返せばアーシアが笑った顔など俺の記憶にはなかった。

それだけ虐《しいた》げていたのは事実であり、言い訳などできぬ事だと分かっている。

「近衛騎士団は善良なる者を守る。貴方だって、その理念を持って剣を握ったはずだ！　なのに貴方は一番身近な人を傷つけ、王家にまで背反している疑いがある。そんな人が……近衛騎士団長には相応しいと、思えません……！」

アーシアを虐《しいた》げていた事実、そして王妃と過ごした夜。

どちらも変えようがない現実であり、弁明しようとも否定できる材料が俺にはなかった。

黙り込んでいると、やがて両脇を抱えられて部屋の外——それどころか王宮の外へと引きずり出され、雨の中、泥の混ざる水たまりへと突き飛ばされた。

「もう二度と、近衛騎士団に顔を見せないでください。貴方の代わりはこちらで勝手に決めます」

「お……俺はまだ、近衛騎士団長だ……こんな事をすれば、お前達には相応の処罰を……」

「やってみてください。俺達全員処罰すればいい」

そう言う部下の顔は、見たこともない程の軽蔑の視線に染まっていた。

「貴方は誇りある騎士団を汚した………近衛騎士の恥だ」

そう吐き捨てて、部下達が王宮へと戻っていく。立ち上がることもできるはずなのに、俺は地面にへたり込んだまま俯く。涙が泥の中へと落ちていき、混ざってすぐに見えなくなる。

なんて情けなくて惨めなのだろうか、どうしてこんな事になった。

俺は……何を間違えたのだろう。

しばらくの時間が経ち、のろのろと立ち上がる。

騎士団へ再び戻ることなどできるはずもなく、自宅に帰ろう、と痛む身体を引きずって歩き出す。

——帰宅した時、不思議なことに王家からの監視が不在であることに気付いた。

何よりも驚いたのは、屋敷に入れば俺の部屋に明かりが灯っているのだ。

「……誰かいるのか？」

戸惑いと共に、光に導かれて扉を開く。そこには、まったく予想していない人物がいた。

「おぉ、酷い顔だな。レジェスとやら。殴られたか？　いい顔が台無しだな」

「——ブ、ブルーノ公爵閣下……ど、どうしてここに？」

軽快に笑う老齢の男性が、何食わぬ顔で椅子に座っていた。

俺は彼を知っている。公爵位の一人、ブルーノ公爵閣下だ。なぜ、この方が俺の屋敷に？

戸惑いつつ慌てて姿勢を正すと、閣下は手を横に振って笑った。

「かしこまらずともよい。お前の屋敷に不法侵入したのは私の方だ。まずは無礼だと怒れ」

「滅相もありません！　あ、あの……何用で……？」

「そうだったな。まぁ……この件だ」

そう言って閣下が俺に見せたのは、俺が以前に執務室で見つけた医学本だった。

確か、堕胎薬について書かれたページの横に、【堕胎薬を手に入れろ】と書かれていたはずだ。

……まさか、中身を見られて、さらに疑われることになるのでは？

「そ、それは……一体なんでしょうか？」

先ほどの部下達の軽蔑しきった眼差しを思い出し、一気に心臓が縮み上がる。

とぼけた返答をすると、ブルーノ閣下は温かな笑みを浮かべたまま、本の表紙をポンと叩いた。

「落ち着け、これを置いたのは私だ」

「え……？」

ブルーノ閣下はこちらへ歩み寄ってきて、俺の肩に手を置く。そして耳元で囁いた。

「王妃を妊娠させたのはお前だろう？」

「そ、それは……」

決定的な発言を迫るような言葉に、息を呑む。

この人は味方なのか？

迷っていると、ブルーノ閣下はふう、とため息を吐いて身体を離した。

「まぁ答えなくともよい。ただ私はお前を救ってやりたいだけだのだから」

「す、救う？　なぜですか？　貴方になんの得が……」

「王妃の不義が無実であった方が私にとって得になるからだ。私には娘がおらん。……もしサフィラ王妃が廃妃になれば、テセア側妃の生家や、他貴族家の令嬢が王妃となってしまう」

思わぬ生々しい話に、弾かれたように顔を上げる。

ブルーノ閣下は俺の返答を待つように、じっと見つめていた。

「他に王妃が台頭することに……なんの、問題があるのですか？」

「これ以上、我が家に並ぶ貴族の台頭を容認はできん。王国のバランスが乱れてしまえば政争が始まる。だから……私自身の得のためにも手を貸してほしいのだ」

思慮深い眼差し。落ち着き払った声色で、俺を対等に見てくれている言葉。

——この方が本当に協力をしてくれるなら、なんて心強いだろうか。

絶望と孤独感に苛《さいな》まれていた心に、ブルーノ閣下の言葉が沁み込んでいく。

「ブ、ブルーノ閣下は本当に俺のために医学本を？　全てを知った上で、俺に協力を？」

「その通りだ。有望な騎士がこんな事で落ちぶれるのは見ていられん」

そこまで言うと、ブルーノ閣下は泥だらけのはずの俺の背中を躊躇《ためら》わずに撫でた。

「苦しかったな、一人とは辛いものだ。だがここからは私が味方だ、信頼して従ってくれ」

その柔らかな声音に涙が溢れる。

「ブ、ブルーノ閣下……感謝、いたします」

閣下には感謝しかない。俺の罪を全て知った上で、誰にも事実を明かさずに協力してくれているのだ。それだけで、信頼に値する。

それに、今や手も足も出ずに落ちるだけの俺には、彼に縋る他ない。

大の大人が情けないと思いながら、俺は手の甲で涙を拭い、閣下を見上げた。

「しかし、閣下自ら俺を手助けするなど危険でしょう？　どうしてそこまで――」

俺の問いを遮るように、ブルーノ閣下は音を立てて机に医学本を置いた。

「そういえば、エレノア公爵閣下……サフィラ王妃の父が亡くなったのは知っているか？」

本を置く大きな音にびくりとしたが、ブルーノ閣下の言葉にさらに目を見開いた。

「え……サフィラ様のお父上が？」

「エレノア公爵は自らにナイフを突き立てて亡くなったようだ。こんな風に……」

ブルーノ閣下がすっと腕を腰元に動かす。

「――グサッとな!!」

「っ!!」

眼前に、ブルーノ閣下が抜き払った短剣の先端が紙一重の距離まで迫る。

本気か……この方。あと少しで、本当に刺さっていたぞ。

ひゅ、と息を呑み、息を切らしてブルーノ閣下を見つめると、彼は快活に笑った。

「ふ、ふはは！　冗談だ。冗談……緊張しておったから、和ませてやろうと思ったのだ」

「あ……あはは……じょ、冗談、ですよね……」

公爵位の方の考えは分からない、これが冗談で済むのか？

しかし心強い味方の気分を損ねる訳にもいかず苦笑いで返し、俺は床に視線を落とした。

「し、しかし閣下、どうしてエレノア公爵は自死したのですか」

「さぁな。案外……王妃への疑いを晴らすためかもしれん」

ポツリと呟いた閣下の表情が酷く冷たく見えて、ゾクリと背筋が震えた。

「なんにせよ。残る問題である王妃の妊娠。この問題だけは解決せねば」

何やら気になる言い回しと共に、閣下は俺へと視線を向けた。

「……医学本の中身は見ただろう、レジェス。堕胎薬は私が手に入れよう。お前にはそれを王妃に届けてほしい。王妃に信頼される君なら、彼女に堕胎も受け入れてもらえるだろう」

「し、しかし閣下。どうやってサフィラ様に渡せば？　俺は監視の身、もはや王宮の誰にも信用されぬ今では入宮すら叶いません」

「それについても手筈は考えておく。お前は指示に従えばいい」

過去を顧みれば、ウーグ大臣にも俺が余計な事をしたからと誹《そし》りを受けた。

だから状況を把握して行動できるブルーノ閣下の言葉に、素直に従う方が得策だろう。

「分かりました。閣下」

頭を下げると、閣下は俺へと問いかけた。

「そうだ、興味本位で一つ聞かせてくれるか？　お主が前妻を虐《しいた》げていたというのは……事実か？」

わずかに目を見開く。

閣下はどうしてアーシアの事を？　しかし、味方である閣下に嘘などはついて信用を失えない。

俺は、正直に答えることを選んだ。

「じ、事実です。しかし、俺は身寄りのない彼女を伯爵家に置いてやっていました。むしろ感謝されるべきだったはずで……」

「あぁ、それ以上はいい。もう聞く必要はない」

閣下の返答は、今までと違って少し冷たい声色に思える。

だが特段怒りを見せる訳でもなく、俺に背を向けた。

「話は終わりだ、足止めしていた監視も直に戻ってくる時間だ。では、また連絡する」

「閣下。本当に感謝いたします」

「礼などいい。私はただ――のため、この物語を少しでも元に戻したいだけだ」

微かな声に思わず顔を上げたが、閣下はそのまま部屋を出て行ってしまう。

「何を言って……いや、今はそんな事を気にしたってしょうがない」

そう、つまらぬことはいい。俺には閣下が味方となったという事実だけがあれば十分だ。

国王に次ぐ権威を持つブルーノ閣下が協力してくれるなんて、これほど心強い事はない。

「これでサフィラ様の御子が消えれば、俺は助かるはずだ……」

今日は散々だったが、これで全て帳消しだ。

わずかに見えてきた希望に、俺はほうっと息を吐いた。

俺を見下した奴らも、突き放した近衛騎士団も、俺が無実になれば、相応の報いを与えてやる。

アーシア……運命はどうやらお前の思う通りに進まず、俺に味方したようだ。

第七章　忠誠に隠された毒

エレノア公爵の自死に際して、早急に王宮で会議が開かれた。

もちろん私に参加する権限はなく。どうやって情報を聞こうかと考えていたら、陛下の護衛で会議に参加したシュイク様が、ヴォルフ様への報告の場に同席の許可をくださった。

「ヴォルフ団長……どうやらエレノア公爵閣下が犯人で間違いないとのことです」

「エレノア公爵閣下が？　証拠は出たのか」

エレノア公爵はブルーノ閣下に並ぶ大きな商会を抱え、絶大な権力を保持していた。

さらにサフィラ妃の父という事もあり、王家転覆の件に関与しているとは疑っていた。

報告を聞くと、ディノ殿下を苦しめたイーグベリーの群生地はエレノア公爵が商いの伝手を持っている領地であり、入手は容易であったことが分かった。

私が俯いていると、シュイク様がさらに情報を伝えてくれる。

「加えて、殿下が容態を悪くした時期である一か月前に、エレノア公爵は王宮内を訪れていました。

名目はサフィラ妃との面会でしたが、その際に殿下の部屋に入った可能性があります」

なるほど、彼には参考書に毒を仕込む機会があったのだ。

私が頷くと、最後にシュイク様が静かに告げた。

「そして、亡くなった彼の屋敷からは計画書が出てきました。……これが一番の決め手です」

「計画書……？」

ヴォルフ様の問いかけにシュイク様は頷くと、いくつかの書類を机の上に置いた。

どうやら、出てきた計画書を写し、まとめたもののようだ。

「ご覧ください。殿下の毒殺計画が綿密に練られています。必要な人員や費用まで詳細に書かれていました。これらの証拠を鑑み、王家と文官は、一連のディノ殿下暗殺未遂事件をエレノア公爵閣下が単独で行ったと断定しております」

その言葉に、私は眉根を顰めた。

……あまりに、こちらに都合が良すぎる。

すでに号外が出回った今、ディノ殿下の暗殺未遂をもみ消すことはできないだろう。

だが、もしもエレノア公爵が黒幕だとしたら、彼自身が死んで幕を引くはずがない。

なぜなら公爵閣下には、優秀な部下が多くいたはずだ。

まだ証拠も出揃っておらず、証拠の揉み消しや尻尾切りなど造作もなかったに違いないのに。

「ヴォルフ様……これはおかしくありませんか？」

「君もおかしいと思うか？」

「はい。まだエレノア公爵には疑いが向き始めたばかりでした。王妃の協力者はレジェスと彼女の不義を長年にわたって隠し通せるほどの力を持っていたのに、この段階で自死を選ぶなど、あまりにも私達に都合が良すぎるような」

「確かに……今までを思えば杜撰《ずさん》な幕引きにも思えるな」

うがった見方かもしれないが、エレノア公爵の死はまるで王妃の罪や、調査の目を煙《けむ》に巻くためのようにすら思える。私が考えていると、ヴォルフ様がふと呟いた。

「アーシア、思えば……まだ説明が出来ない物があったはずだ」

「説明できぬ物？」

ヴォルフ様の言葉に視線を向ければ、彼は執務机の引き出しを開く。

そこには以前に見せてもらった、彼が王宮で拾ったという避妊薬の薬包が入っていた。

「この薬はまだ、エレノア公爵閣下との関連性がないはずだ」

ヴォルフ様の言葉を聞いて……私はハッとした。

きっと、エレノア公爵の死がおかしいと彼も気付いたのだろう。同時に避妊薬と聞いて、シュイク様から渡された書類のいくつかを確かめれば、確かにそれらについての証拠は何も無かった。

すぐに私は、戸惑っているシュイク様に顔を向け、頭を下げた。

「シュイク様、すぐに陛下と謁見する機会をいただけませんでしょうか」

「え？」

「ここで幕引きさせてはなりません。エレノア公爵の死は、何者かの罠です」

私が言い切ると、シュイク様はヴォルフ様へと意見を問うように視線を向ける。

「俺の名を使ってもいい。謁見許可を貰ってきてくれ。ディノ殿下の一件から、アーシアの言葉は信頼できると俺が判断した」

ヴォルフ様の団長としての指示に、シュイク様は「分かりました」と告げて陛下の元へ向かう。

彼らに感謝をしつつ、私は今まで出そろった情報をもう一度整理する。

一分、一秒も無駄に出来ない。このままでは全てが煙に巻かれてしまう。

エレノア公爵がすべての罪を被ってしまえば、ディノ殿下暗殺について王妃への疑惑は消える。

そんな状況で王妃の妊娠した子が堕胎などすれば、不義の明確な証拠もなくなり、私が公的に彼女を追い詰めることは難しくなるだろう。

エレノア公爵の犠牲により、私が広げた疑惑が塗り替えられ始めている。

王妃の協力者は、これを想定して実行したのだろう。

公爵が自死したのも……娘を庇うためだとすれば納得できる。

その時、ふと、陛下の部屋前に届けられていたという医学本のメッセージを思い出した。

『陛下、名乗り出る者を信じず。アーシアを信じてご判断ください』

今までは意味が分かっていなかったけれど、あれは王家転覆の陰謀が、エレノア公爵の自死によって解決してしまうのを忠告していたのかもしれない。

「……ここまで読んでいたなんて、この医学本は一体？」

医学本には、日本語でメッセージが書かれている時と、この世界の文字で書かれている時がある。

そして、日本語の際は、届けられた先の相手への指示が明確に書かれていた。

だが、陛下にあてたメッセージは、陛下を能動的に行動させるものではない。「信じてほしい」というお願いにすぎないのだ。

この違いはなんだろう？

そんな思考に浸り込もうとした時、ドアが開き、謁見の許可が下りたと声がかかる。

どうやら夕刻――今日中にはお目通りが叶うようだ。

私は息を細く吐き出して、この後のことを考え続けた。


夕刻になり、ヴォルフ様と共に玉座の間に向かうと、陛下の他にウーグ大臣が同席していた。

陛下の御前にて、私はカーテシーの姿勢をとり、頭を下げる。

「面《おもて》を上げよ。此度は何があったのだ？」

陛下の言葉に顔を上げ、私は陛下を見つめた。

「はい、どうしても、伝えたい事がございまして、お時間をいただくことになりました」

「陛下は忙しいのです。困りますよ、アーシアさん」

ウーグ大臣が小言を呟くが、それを陛下が手で制して頷いてくれた。

「言ってくれ、アーシア」

私を信頼してくれているのだろうか。

少し嬉しくなりつつも、表情を引き締めて私は陛下に告げた。

「……自死されたエレノア公爵が、ディノ殿下暗殺未遂について真犯人と断定されたと伺いました。しかし、それは、真犯人を調査させないための策かと思われます」

「なっ⁉　何を言っているのですか。公爵閣下の死が、疑惑を消すためだと？」

ウーグ大臣がそう叫ぶが、彼には視線を向けずに陛下を見つめる。

今は陛下を納得させる事に集中したい。ここで幕引きされることになれば、全てが水の泡だ。

私の視線に対して、陛下はまだ何とも言えない表情で見つめている。

「エレノア公爵が残した証拠は、罪を確実にするには十分であったが？」

「いえ、その証拠だけでは、説明できぬ事があるのです」

私はそう言って、以前に王都に撒いた号外を取り出した。

「先日、サフィラ王妃殿下が持っていた号外。あれを渡した協力者が判明しておりません」

サフィラ妃には改めて感謝したい。

陛下が実際に目にした物的証拠を残してくれていたのだから。

私の言葉を援護するように、ヴォルフ様が言葉を続けた。

「公爵位の方でも王宮内を歩き回るには正式な申請が必要です。しかし二度目の号外が王都に撒かれた当日、エレノア公爵は王宮に訪れていなかったことを確認しました」

エレノア公爵が王妃に号外を渡した証拠がないことが告げられ、陛下が目を瞬《しばたた》いた。

「確かにそうだが……」

とはいえ誰かに言付けたという可能性は残る。ないものをないと証明するのは難しい。

だから私は別の証拠を提示する。

「また、それだけではありません。この避妊薬を、王妃が服用していた疑いがあるのです」

「っ⁉」

そう言って私が薬包を取り出すと、陛下と大臣が目を見開いた。

「これはヴォルフ様が王宮の廃棄所で見つけたものです。王妃殿下と月に一度、陛下はお会いになっていたのに子供ができるタイミングが合わなかったのは、これで説明がつきます。王宮内にこの避妊薬が持ち込まれており、陛下との閨《ねや》で王妃は服用し続けていたはずです」

陛下は沈黙のまま、避妊薬を手に取って俯く。

しかし……その静寂を打ち消すように、ウーグ大臣が口を挟んだ。

「待ってください。それは憶測に過ぎません。避妊薬を王妃が服用していた証拠はないでしょう」

「ええ。ですが、避妊薬が王宮に持ち込まれた経路の特定をすれば、号外を王妃殿下に届けた協力者を別方向から探ることが可能となりませんか？」

この王宮内において、薬物の持ち込みは厳重な管理、監視がなされている。

まして避妊薬を持ち込むなど、一般的な使用人などでは無理だ……できるとすれば。

「比較的に王宮を自由に動ける公爵閣下も、まだその候補に入るでしょう。しかし、エレノア公爵閣下は先も申した通りに以前は王宮にいらっしゃらなかったのです。つまり――」

さらに推理を続けようとした時、ウーグ大臣が私の声を遮った。

「陛下！　この女性を信用するのは反対です。これ以上、王国の民に不安を与えてはなりません。

あの号外によって民も不安に思っております」

しかし、ウーグ大臣の制止の声は無駄に終わった。

陛下は大臣を手で制すと、私とヴォルフ様に視線を向けた。

「ヴォルフ、お前は避妊薬の成分と調薬元を調べよ。各地の医療所から情報を得るには、お前の王家騎士団長としての肩書きが必要だろう。アーシアの監視はシュイクに任せる」

「はっ!! 承りました！」

避妊薬を調薬した医療所が分かれば、薬を処方された人物からも大きく特定が進むはずだ。

陛下が私達を信じてくれた事を確信した時、陛下はさらに私へと言葉を続けた。

「アーシア、お前には避妊薬を王宮に持ち込んだ者についての調査を許可する」

「なっ!? 陛下？ 何をお考えですか！ 監視対象に調査権など……」

「私もこの目で監視対象であった王妃が号外を手にしていたのを見た。あれを渡した人物が未だ不明であるという、アーシアの言い分は筋が通っているはずだ」

「ですが……大臣としては到底、容認できはしません」

「ウーグ。王家の不手際を正すため、綿密な調査をすることに何の不満がある？」

陛下の威圧に、ウーグ大臣は口を閉ざす。

これが好機だと、私は言葉を重ねた。

「加えて陛下にお願いがあります。避妊薬の調査にウーグ大臣が関わる事を禁じてください」

「なっ!?」

これは一つの賭けだった。私がウーグ大臣を疑っていると明言したと同然の発言なのだから。

しかし動揺する大臣とは真逆に、陛下は表情をまったく変えずに頷いた。

「協力者の疑惑に大臣も含まれているなら……隠蔽できぬようにするのは必要か」

「はい」

陛下が認めたとなれば、大臣とて言い分は通せない。

これで、証拠の隠滅は防げる。

あとは真実を明らかにするのみだ。

「陛下、恐らくこの避妊薬を誰が持ち込んだかを調査すれば、全てが明らかになるはずです」

「……複雑だな。明らかになれば、サフィラを断罪せねばならぬかもしれぬのだから」

陛下は天を仰ぎ見て、大きく息を吐く。

その呟きに、陛下はサフィラ妃を想って私を止めるのではないかと不安があった。

しかし、陛下は変わらずに決断を下してくれた。

「王家の失態が事実であるか見極めるためにも……お前達に調査権を与える」

私とヴォルフ様は二人そろって跪く。

王家が直々に指示を下し、信じてもらえたのは私達だ。

これで、情勢の天秤は大きく傾いただろう。

「真実を明らかにしてくれ。アーシア」

「感謝いたします。陛下」

きっとこれが、最後の謎だ。

『避妊薬』が王宮に入る経路と協力者を繋げば、全てが明らかになるはずだ。

◇◇◇

「調査を始めましたが……ここまで手がかりなしとは」

ヴォルフ様の代わりに私を護衛してくれているシュイク様が、ぼやきながらため息を吐く。

その落胆ぶりは当然だ。

半月もの間、王宮内で避妊薬を持ち込めるような場所、方法を模索したが空回り続きなのだ。

そもそも王宮内に入るのには厳重な検査があり、それは公爵や大臣も同様に行われる。

公爵閣下はもちろん、ウーグ大臣が避妊薬らしきものを持ち込んだ記録は見つからなかった。

「ヴォルフ様も調査からまだ帰ってきませんし……このままじゃ任された僕が役立たずですよ」

「そんな事ありません。シュイク様が頑張って聞き込みしてくれたおかげで、医務室から医薬品がいくつか紛失している事は分かったではないですか。大きな情報です」

「王宮の医務室には大量の医薬品を搬入されているせいで、元から管理が曖昧のようです。これだけでは手がかりはないに等しいですよ」

二度目のため息を吐いたシュイク様は、窓を開けると身を乗り出した。

涼やかな風が入ってきて、頭がリフレッシュされる気がする。

窓の外を見ると、ちょうど王宮の庭園の真上のようだった。

赤、黄、黒と、色とりどりの花が風に揺れるのを見ていると、ふと思いついた。

「そういえばシュイク様、もう一か所調査したい場所があるのですが」

「え？」

――そんなわけで数時間後、私とシュイク様はウーグ大臣の執務室を訪れていた。

大臣の執務室ともなれば機密情報が多く、調査といっても簡単にはできない。

しかしシュイク様の尽力により、大臣の同席という条件で調査許可を陛下から得ることができた。

「何の用ですか？　仕事中だというのに……」

ウーグ大臣はペンを机に何度も打ち付けながら、私達を睨んだ。

私は彼に向かって首をかしげる。

「少し、お話がしたいのですが……それも難しいですか？」

「私を疑って調査に関わらせぬようにしておいて、呑気にお話ができるとでもお思いで？」

そう言われて、私はあら、と言いながら手を組み合わせた。

「ウーグ様を疑ったのは、相応の理由があったからですよ。……殿下に毒が盛られていた件を聞いた貴方の反応がおかしかったものですから」

ディノ殿下に毒が盛られているかもしれない、と聞けば、真偽はともかくとして王宮のすべてを取り計らうウーグ大臣の立場なら、まずは調べてみるはずだ。

しかし彼は最初からそれらすべてを嘘だと切り捨て、調べさせようとしなかった。

そう言うと、ウーグ大臣は視線を書類に逸らし、ペンを手に取った。

「私はあくまで……王宮内に不安が出ないよう判断しただけだ」

そんな大臣の対面に椅子を持っていき、真正面に座る。一挙手一投足を逃さぬように見定める。

……そこに手がかりがあるかもしれない。

いざ近くに座ってみると、大臣がジャスミンのような香料を使っていることに気が付いた。

「そういえば、エルノア公爵が自死した際、遺されていた証拠はウーグ様が見つけたのですよね？」

「私が調査をしたのだから当然だろう」

「疑問に思わなかったのですか？　あまりに証拠が揃いすぎていると」

「……それに、なんの問題がある？」

そう聞くと、彼は紅茶のカップを手に取った。

白い陶磁器のカップを持つ手が震えて、紅茶の水面に波紋を浮かべている。

「――手が震えていませんか？」

「黙れ。歳のせいだ。小娘には分からんだろうが、老いぼれだと手ぐらい震えもする」

随分と嫌われてしまったものだ、と内心で笑う。

しかし、ウーグ大臣の返答には怪しい部分が何もない。

そう、前世で読んだ推理小説のようにうまくはいかないか……

そんなことを思いつつ、椅子に背を預けると、手持ち無沙汰だったシュイク様が部屋の中を物色しているのに気付いた。彼は大臣の物と思わしき手袋を手にしている。

シュイク様が持つと、その黒色の手袋からポロポロと土が落ちていた。

土でもいじっている手袋だろうか？

そういえば、大臣は庭園の管理を任されていると聞いていたが……その作業用かもしれない。

疑問に思いつつも、シュイク様に目が向かぬように私は大臣へ質問を重ねた。

「質問を変えましょうか、貴方の過去について教えてください」

「それは、調査に必要なことか？」

「いえ、個人的な質問です。貴族が多かった文官の中、平民出身のウーグ様は優秀な成績を残して大臣にまで出世なされた……苦労は多かったのでは？」

「……苦労か、多いに決まっている」

大臣は息を吐きながら、引き出しの中から一つのノートを取り出して、私に渡した。

年季の入った代物で、表紙は破けて染みまでいくつもある。

「開いてみろ。それで私の過去は知れるだろうさ」

「……では、遠慮なく」

開けば、大臣の言っていた意味が分かった。

所々破かれたページに、罵詈雑言《ばりぞうごん》の羅列……平民出身の大臣を馬鹿にする文言だった。

思わず顔を顰《しか》めてしまう。

「馬鹿馬鹿しく、幼稚だろう？　全て……お前達のような貴族からの仕打ちだ」

「貴族からの嫌がらせで、このノートに暴言を書かれたのですか？」

「あぁ、文官職に就いた時……同期だった貴族共にやられた」

「どうして……」

「私は過去に調剤師として薬を作り、民を救った実績を元に文官試験を合格した」

その言葉に目を見開く。調剤師……人のために薬を作っていた過去があったとは驚きだ。

素直に話してくれるのは、彼が今まで溜め込んできた怒りを吐き出したかったからかもしれない。

「当時の文官達は、平民である私が文官になったことで、自分達の職務の品位が下がったと感じたのだろう。だから私はそのノートに書かれている通りに扱われた」

そう言われて、わずかに目を伏せてしまう。

しかし、ウーグ大臣は鼻を鳴らして、私の手からノートを取り上げた。

「同情はいらん。私はそれを反骨精神として、ここまで成り上がったのだから」

「貴族に、恨みはあるのですか?」

「恨みなどない。だが、まあ私が唯一まともだと思う貴族はブルーノ閣下ぐらいだ。あの方は馬鹿な貴族を良い意味でまとめている。とても優秀だ」

彼がブルーノ閣下の言葉にだけは頷いたことを思い出し、私は深く頷いた。

「それは、同意します」

するとウーグ大臣はわずかに頬に笑みを刻むと、ノートをしまい、再び書面にペンを滑らせた。

「陛下も外交に関しては優秀で、今代で友好国を多く作り上げた。だが反面内政はおろそかだ。それを支えているのがブルーノ閣下だ」

「閣下なしでは、今の王国の安寧はないと私もよくお聞きします」

「ああ。だがあの方も歳だ……直に当主を降りる。そうなれば貴族派閥は大きく乱れ、権威だけを着飾った馬鹿どもが野放しとなってしまうだろう。――嘆かわしい事だ」

ウーグ大臣は、どこか諦めたように呟き、思い出したように手を払った。

「もういいだろう。私も忙しい。疑っているくせにろくな証拠もなく訪れるな」

「……確かに、私には十分な証拠はありませんね」

「そうだろうな」

「ですが……私は必ず、避妊薬が持ち込まれたという証拠を見つけてみせます」

「は……無理だろう。到底見つからんよ。もう出て行け。話は終わりだ」

自信に満ちたウーグ大臣の宣戦布告とも言える言葉を受けながら、私達は部屋を去った。


王宮騎士団の執務室に戻って情報を整理する。

とはいえ、分かったのは大臣が調剤師であった過去のみだ。

避妊薬についての大きな情報がない。そうこうしていると、部屋へ一人の衛兵が入ってきた。

「アーシア様はおられますか？」

「何かあったか？」

答えたのは、私と共に部屋にいたシュイク様だ。

彼の問いかけに、衛兵は敬礼と共に答える。

「実は客室にてボヤ騒ぎがありました。使用人が落とした手鏡が日光を反射して燃えたようです」

シュイク様と私は思わず目を見合わせた。

「客室で火事だと？」

「ええ。ですので、本日はアーシア様がご就寝なさる部屋がなく……」

火事、部屋がないという言葉にシュイク様が目を見開く。

私は現在監視されているので、寝泊まりを王宮の客室でさせてもらっていた。

でもまさか……火事が起こるなんて。

「そこで陛下は本日のみ、アーシア様がご帰宅なさる事を許可なされました。ただ王家騎士の監視は伴うようにと……」

なるほど、寝泊まりする場所が用意できないため、一日だけ自宅に戻っていいということか。

その言葉にシュイク様がさっと胸に手を当てて答えた。

「アーシアさん、僕が付き添いますが、よろしいですか？」

「もちろんです。お願いします……シュイク様」

「承知いたしました。もちろん、淑女の部屋に踏み込む気はありませんのでご安心ください」

シュイク様も傍に居てくれるなら、王宮から出ても安全だろう。

なにせ王家すら護衛を任せている王家騎士団の一人なのだから。

その安心感と共に、荷物を整理してその夜は自宅へ戻る事とした。

久しぶりに王都へと向かう馬車に乗ると、窓から見える消えかけの夕焼けが眩しかった。

私の自宅へ向かう最中、シュイク様がくすくすと笑う。

「アーシアさんと一緒に王都に出るのは、最初に会った時以来ですね」

「シュイク様、あの時はお世話になりました」

シュイク様はブルーノ閣下のご子息だから、あの日は閣下に頼まれて来てくれたようだ。

彼が王宮まで連れて行ってくれなければ、今頃どうなっていたか考えたくもない。

私が改めて礼をすると、シュイク様は軽く首を横に振った。

「僕もアーシアさんに恩があったので、その恩をこれで返せたなら嬉しいです」

「恩ですか？」

「ええ……母上が貴方の書く物語をとても楽しんでいて、元気になっておりますから」

シュイク様が口にした母上とは、つまりブルーノ閣下の奥様の事だ。

閣下から惚気話を聞いているが、私は実際に会った事はない。

私は好奇心からシュイク様に彼の母親のお話を聞きたくなってしまった。

「閣下の奥様とはどのような方なのですか。社交界には顔を出されぬ方でしたよね？」

「父上から聞いておりませんか？　母上は社交界には出られません」

そう言って、シュイク様は寂しげな笑みを浮かべた。

「母上は下半身が不自由で、一人では動けないのです」

まさかの言葉に目を瞠《みは》る。

「っ、そんな……」

「五年前、母上は馬車の横転事故で頭を打ち、その日以来歩けなくなりました。あの日ぐらいです。涙を流す父上を見たのは……」

いつも笑顔で明るかったブルーノ閣下の泣いている姿など想像できない。

それどころか、彼から聞く奥様のお話に悲壮感などなかったのに。

あまりの話に動揺を隠せないでいると、シュイク様は明るい笑みを浮かべて首を横に振った。

「あぁ、そんなに気になさらないでください。今は二人共明るく過ごしていますよ。屋敷に帰ればいつも父上が母上を溺愛しているので、息子としては恥ずかしいぐらいです」

「閣下は、本当に奥様を愛されているのですね」

いざとなれば、領地で療養をさせることもできただろうに、ブルーノ閣下は王都で奥方と過ごすことを選んでいるのだ。

ブルーノ閣下と奥方の愛情に思わず、ほうっと息をつくと、シュイク様は微笑んだ。

「父上に愛されているのは……アーシアさんもですよ」

「え？」

「父上は貴方を本当の娘のように思っています。だからきっと貴方の味方でいてくれますよ」

「そうですね。私も……閣下を信頼しております」

そんな雑談をしていると、外が暗くなっていることに気が付いた。

時刻は夜にさしかかり、王都とはいえ出歩く者はそういないようだ。

「報告はもっと早くしてもらうべきでしたね。こんな時間になるとは」

「そうですね――」

その時、「馬車を止めろ！」という声が響いた。馬のいななきと共に、馬車が止まる。

シュイク様はハッと目を瞠《みは》ると、私を庇うように前に出る。

「やはり罠でしたか――」と私が呟くと、シュイク様は頷き、剣の柄に手を当てた。

客室の火事という報告であったが、王宮の仕え人は皆がプロフェッショナルだ。

ミスをそう犯すはずもない。さらに、王宮の客室が一つであるはずがないのだ。だから私が外へ出るように誰かが仕組んだと想定して当然だ。

窓から外を見ると、あちこちの細道から、私達を囲むように黒ずくめの人間達が現れはじめる。

「何も言わず、その女を渡せ」

危機的な状況だが……同時に、向こう側から接触をしてきてくれたことは私達にとって、手がかりのない現状を変える光明でもあった。だからあえて罠に乗ったのだ。

「シュイク様……しばし、頼みます」

「分かっております。王家騎士の名にかけて貴方を無事に守ります」

呟き返すシュイク様と同時に、私は持っていた呼び鈴を強く鳴らした。

襲われるのは想定していたから、私達も罠を張らせてもらっている。

陛下に頼み、私達の後ろから城内の衛兵もついて来てくれているはずだ。

警戒されぬように距離は離れているが、この呼び鈴の音で集合してくれるように依頼している。

「っ!!　すぐに女を馬車から連れ出せ！」

襲ってきた者達も、呼び鈴を警戒していたのだろう。

私の行動、その意図を察して迅速に動き出し、私を馬車から引きずり降ろそうとする。

しかし、シュイク様が馬車を飛び降りる方が早かった。

彼の鋭い剣が彼らを阻む。

「ち……計画変更だ！　もう騎士も女も殺していい！」

その指示と同時に、黒ずくめの人間達がさらに数を増し、馬車を取り囲む。

予想以上の人数に、仕向けた人物の殺意を感じ取る。

流石のシュイク様でもこれ以上は――と思った時だ。

「アーシア！」

大きな声が聞こえる。その声に振り向いた途端、集団へと切りかかる影が見えた。

その姿は、ここしばらく見ていなかったけれど、一番見たかった相手のものだ。

「っ!!　ヴォルフ様！」

「話は後だ！　シュイク、馬車を守れ。……彼女に傷一つつけるな」

「了解です！　団長！」

ヴォルフ様が剣を抜き払うと、修羅のごとき勢いで相手を切り伏せていく。

「団長が来れば、もう安全ですよ。あの人の剣技で右に出る者はいませんん」

シュイク様は言われた通りに馬車に近寄ると、そう窓越しに囁いた。

彼の言葉通り、ヴォルフ様の実力は圧倒的だった。

一振りで数人を切り伏せたかと思うと、体術で次々と悪漢を組み伏せる。

襲ってきた者達は、わずかな時間で捕縛されていった。

「……僕は団長に剣だけは敵う気がしませんよ」

シュイク様の呟きに、私も頷く。

「ヴォルフ様には……本当に助けられていますね」

襲ってきた者達が私の身柄を狙っていた理由は、捕縛された後に聞き出そう。

こうも容易く罠にかかるのは、王妃の協力者も焦っている兆《きざ》しでもあるはずだ。

「ひとまず、これで片付いた」

私が考えている間に、襲撃者は全員捕縛されていた。

途中、駆けつけた衛兵の助けもあったが……その大半はヴォルフ様の剣によって倒されている。

彼は剣を振って血を払うと、苦笑しつつ私達を見つめた。

「ちょうど城に帰れば、陛下から此度の罠について聞いてな。急いで来て良かった」

「ありがとうございます。ヴォルフ様」

本当に来てくれてよかった。……彼が傍にいる安心感は計り知れない。

最悪の事態、私達に迫っていた死の恐怖が今になって身体の震えとなって現れる。

しかし「大丈夫だ」と、背を支えてくれるヴォルフ様の言葉に、思わず笑みを浮かべた。

そんな私達にこほんと咳払いをすると、シュイク様はヴォルフ様に視線を向けた。

「とりあえず彼らに指示を出した首謀者は僕が聞き出しておきます。団長はアーシアさんの護衛に戻ってくれますか？」

「頼めるか？」

「ええ、というよりも……僕は情報を聞き出す事なら貴方よりも得意ですからね」

怖さを感じる意味深な笑みを浮かべたシュイク様も、ある意味で頼もしいのだろう。

この人達が味方で良かった。

シュイク様が衛兵達に指示を飛ばしているのを横目に、馬車を降りる。

車輪が壊されてしまっているようで、そのまま乗っていくわけにはいかないようだ。

しかし、そこまで離れているわけでもないから歩けば自宅までは……と思っていると、ヴォルフ様に袖を引かれた。

「とりあえず、今日は王宮内の別の寝室を使わせてもらおう」

「いいのですか？」

「当然だ。陛下も納得くださるだろう」

何から何まで守ってもらって申し訳ないが、私には彼らによる安全が何よりも必要だ。

私は笑顔で、ヴォルフ様に頭を下げた。

「お願いします。ヴォルフ様」

「分かった。行こう」

まるで舞踏会に行くように、エスコートされて夜の街を歩く。

不思議な気分になりながら、私はヴォルフ様の横顔を見上げた。

「そういえばヴォルフ様。避妊薬の調査の進展はありましたか？」

「……半月もかかってしまったのが、答えだ」

つまりは、大きな情報はなかったのだろう。ヴォルフ様が肩を落とす。

「各地の医療所を回ったが、避妊薬を処方したという記録はなかった。それどころか……避妊薬の調合材すら仕入れている場所も見当たらなかったんだ。これでは出所がまったく掴めない」

王妃の協力者が避妊薬を手に入れるには、どうしても医療者の手助けは必須だと思っていた。

だから王国の医療所のどこかには手がかりがあると思ったが――

襲撃者達から辿るしかないか、と思っていると、ヴォルフ様がわずかに声色を変えた。

「ただ、一つだけ分かった事がある。今回の避妊薬はクロホシという花を使用しているようだ」

「クロ……ホシ？」

そう言えば、ヴォルフ様は避妊薬の現物を持って調査していたことを思い出す。

同時に、聞いたことのない花の名前に首をかしげる。

私の疑問に答えるように、ヴォルフ様が頷いた。

「クロホシの花というのは、名前の通り黒い花を咲かせる植物だ。その根には毒性があり、避妊効果があると近年発覚したらしい。だが、その花を避妊薬に調合している医療所などなく――」

歩きながらそうつらつらと答えてくれるヴォルフ様だが、私は足を止める。

なんだか、どこかで聞いた事があるような。

「……すまない。この程度の情報ではあまり意味がないな。半月も離れていたのに不甲斐ない」

「いえ……ヴォルフ様。貴方の情報は、凄く大きいですよ」

私の記憶が正しければ、彼が伝えてくれた情報はある一つの仮説に繫がる。

「明日の朝、王宮内の庭園を見ましょう。そこに……答えはあるはずですから」

手がかり一つなかった避妊薬の在処に辿り着けたかもしれない。


翌朝、眩しい陽差しが差し込む庭園。

落ちゆく朝露を払って葉をかき分けて、目当ての花を見つける。

「やっぱりありました。ヴォルフ様……クロホシです」

「庭園に……咲いていたのか？」

今まで幾度も見てきた庭園の中で一際目を引いていた黒い花。

クロホシの珍しい花色を思い出せて良かった。

そして……これも。

「医学本は、この事も知らせてくれていたようです」

これも何回も開いてきた、あの折り目のついたページに、クロホシについての記載があったのだ。

・クロホシ＝珍しい花色であり、根に触れた女性が体調不良を起こす毒性がある。詳細確認中。

医学本とクロホシの花を見比べ、ヴォルフ様がふむ、と声を上げる。

「しかし確かに花はあるが。避妊薬とするには薬を作る知識が必要なはずだ」

「大丈夫です。庭園に咲いていた避妊薬の原材料……この庭の管理者と、その過去を辿ればおのずと答えは分かりました」

「避妊薬が王宮に持ち込まれた方法が分かったのか？」

ヴォルフ様の問いに、首を横にふる。

失意の表情を見せかけた彼に、その真意を答えた。

「ヴォルフ様。持ち込まれた方法など、分かる必要なんてないのです」

「何？」

「すぐにガイラス陛下の謁見許可と、ウーグ大臣を呼び出してくれますか？」

いくら避妊薬が持ち込まれた手がかりを捜しても見つからないはずだ。

避妊薬は……ここで作られたのだから。


これは誰の物語・五（サフィラ side）

『……出て行ってくれ、顔も見たくない』

前世の旦那であった男性に言われた一言が、頭をよぎって離れない。

ただ特別な愛を、愛されたいという願望を抱いた私を、彼は突き放した。

そうして離婚し、これからの生活のあてもなかった私は、あの先生と出会ったのだ。


「はじめまして……貴方には、代筆を頼みたいの」

ほがらかに微笑む女性の顔を今でも覚えている。

優しい声を持つ、とても美しい女性だった。

彼女は病院のベッドから動けぬ身体で、私を見つめていた。

「私を待ってくれる読者のためにも、お願いします」

その女性は小説家で、事故によって麻痺の残る身体になり、執筆できなくなったそうだ。

しかし最後に一作だけでも読者に届けるために、生涯最後の作品を代筆してほしいと願ったのだという。もちろん専門の人間に頼むことができたはずだが、女性は自分を襲った事故を広めたくなかったそうで、出版社の課長である父を持つ私にお鉢が回ってきた。

断れぬとある理由もあったので、渋々と引き受けたのを覚えている。

「私が文章を読み上げたものを録音した音声を渡します。貴方はそれを正確に打ち込んでください」

「……分かりました」

私はその代筆を引き受けた。

とはいえ先生は薬の副作用のせいで起きている時間が少なく、原稿を進めるのは何か月もかかった。

長引くだけお金が入るので、実入りのいい仕事だとしか思って無かった頃。

見舞いに訪れた時、録音機に別のデータが入っていることに気付いた。

「先生、これは完成データではないのですか？」

「それは没データなの。本当は……もっとみんな――にしたくて。大切な物語の人物達だから……」

ちょうど薬のせいで眠気が来たのか、先生の意識が途絶えて言葉は不明瞭で終わってしまう。

私は興味本位で……その没データを聞いてみた。

「何……これ」

その内容に失望した。前世の記憶を思い出した主人公と城に仕える騎士の二人が、王妃と近衛騎士の不義を暴いていく。そして隠れた陰謀を解き明かし、断罪するという話だったのだ。

信じられない……私は、今からこんな作品を書かされるの？

どう判断しても、王妃は被害者じゃないか。

この王妃は私と同じだ、愛されぬ環境に身を置き……孤独感で心が壊れてしまった女性なだけだ。

王妃が不倫したって悪くない、側妃を娶《めと》った王様の方が悪いに決まっている。

「……」

こんな作品が世に出るべきじゃない。

本当に罰を受けるべきは……この王様だ、間違っている。

幸せになるべきは、愛されるべきは……王妃のはずだ！

そんな想いから、私は没データを持ち出した。

数か月後、完成した録音データが送られても、あの話の完成品なんて聞きたくなくて削除した。

そして、没データを基に私が物語を書き変えたのだ。

舞台設定やキャラはそのままで、私が完璧に作り変えてあげた……王妃が幸せになる最高の物語を。

確認したいと先生から幾度も連絡が来ても、忙しいと理由をつけて会わず。

私が改ざんした原稿を父に送り、作者の作品だと嘘をついた。

それは結局、そのまま無事に本となり世へと出版された。

私が完璧に仕上げた王妃が幸せになるべき話――きっと多くの人に共感してもらえるはず。

そう思っていたのに……

「なんで？　どうしてよ」

その本の評価は最低だった。

作者の才能は枯れた、こんなのバッドエンドだ。

応援していたけどこんな作品書く人だったんだ……

王妃も断罪されるべき。

そんな評価が『禁じられた愛』に沢山つくのを見るしかなかった。

「私の作品は、完璧だったはずよ……こんなはずが……」

その時、スマホが鳴って先生から会いたいと電話が来た。

父も同様に呼ばれたらしく、もう無視はできないと悟る。

仕方なく赴けば、白い病室の中で、優しかった先生は表情を歪め、怒声を私に向けた。

「なんで？　完成した原稿データを……貴方に送ったはずです……！」

「せ、先生の作品は間違っていたから、私があの作品を完璧にしてあげたんです」

「私の物語を返して……貴方に頼んだのは、そんなことじゃ……」

「王妃は幸せになるべきなの。あんな作品を世に出すのは間違いよ！　あの王妃が悪いと言われる世の中なんて間違っているから、書き直してあげたの！」

「違う。私が本当に伝えたかったのは違うの……書き直して！　お願いだから……」

責める言葉から逃げたくて、私は病室を抜け出した。

「私の作品を……返して――っ！！！！」

後ろから聞こえる悲鳴のような叫び声が耳から離れないまま、走り続けた。

私は悪くない、あの駄作を完璧に作り変えてあげただけで感謝してほしいぐらいなのに。

そうやって自分の罪悪感に蓋をしていたのに……

『小説家の――さんが、自殺を――』

数日後に目にしたニュースには、あの人の名前が書かれていた。

もう取り返しがつかないと考えた瞬間、私の記憶はそこで途絶え……この世界にいた。

◇◇◇

「っ!!」

汗だくの身体を起こして、慌てて水を飲む。

忘れたい、忌まわしい前世の記憶が夢にまで出てきて嫌になる。

私は悪くはないと、自分に何度も言い聞かせて心を落ち着かせた。

「私が作った作品は完璧だったのよ。そしてこの物語の中に来る事ができて、よかったはず……」

私の作品の世界なら完璧で……寂しかった気持ちを埋める本当の愛が得られるはずだったのに。

アーシア、あの女のせいで台なしだ。

「このままじゃ、お腹の子が……」

ウーグ大臣の言葉を無視して動いてしまったせいで、協力者がいると知られてしまった。

大臣は状況が悪くなれば、本当にこのお腹の子を堕胎させてしまうだろう。

「お父様……みたいに……」

私のお父様、エレノア公爵が亡くなった事は聞いている。

きっと……お父様が私を庇うために行動してくれたのだと思う。

ウーグ大臣は以前、閣下がいると言っていたのは、この事だったのだ。

「お父様。ごめんなさい……」

優しかったお父様の犠牲を招いたのも、私のせいなの?

「違う。私は悪くないはずよ。そうよ、私は幸せになれるはずだったの」

この作品は完璧だった。

悪い王様は断罪されて、愛されなかった王妃が幸せになる方が物語の結末に相応しい。

だけど……

『サフィラ、余はお前を信じていたのだぞ』

そう呟いていたガイラス様の表情は、かつての私を想ってくれていた頃の表情と同じで――あの顔が…ずっと頭から離れない。

「大臣や陛下が、また彼女と会うらしい」

ふと、外から騎士達の声が聞こえだす。

耳を傾けると、忌まわしいあの女の名前が聞こえた。

「なんでも、アーシアさんが王妃の協力者を見つけたと……」

「もしそうなら、とんでもない事実だな」

また、また……また、またあの女が、私の幸せな未来を奪うというの？

「なんで、どうしてよ」

いくら涙を流しても、本当に囚われの身となった私には何も出来ず、ただ虚しく、頬から流れる雫を落とすしかなかった。

第八章　偽りの愛国心

証拠をつかんだ朝、ヴォルフ様から伝令を飛ばしてもらい陛下との謁見許可をいただいた。

玉座の間へと入ると、王城中の文官が勢揃いしている。これも私が依頼したことだ。

私は出来るだけ堂々と胸を張り、玉座の下で陛下へと跪いた。

「面《おもて》を上げよ、アーシア。文官まで集めさせて、どうする気だ？」

「ガイラス陛下、謁見の許可をくださり、感謝いたします」

そこで言葉を区切ると、私は同じくこの場に立つ彼へと視線を向け、怒りと共に手を向けた。

「本日、王家転覆を計画したウーグ大臣の罪を、陛下と皆様にお教えいたします」

「なっ⁉　何を馬鹿な事を！」

ウーグ大臣が動揺した面持ちで声を上げるが、聞かぬふりで進める。

やるなら大々的に、逃げられぬように、抵抗できぬように伝えよう。

彼の部下である皆の前で……その真実を明らかにするのだ。

「大臣であるウーグ様が国家転覆を計画し、王妃に避妊薬を渡していたのです」

私の言葉に周囲は騒然とする。大臣を反臣と糾弾したとなれば、真偽が違えば死罪も当然だ。

その覚悟をもって発言している。

私は隣に立つヴォルフ様に目配せをした。

すると彼は先程庭園から抜いてきた花を、皆へと見せる。

「陛下、王宮内の庭園にクロホシという花が咲いているのはご存じでしょうか？」

「クロホシ？」

陛下が身を乗り出して、ヴォルフ様の手の中にある花を見る。

知らぬ様子の反応を見て、私はさらに確信をもって言葉を続けた。

「数年前、クロホシからは毒性が見つかったそうです。根に避妊効果があると。……ウーグ様、王宮内の庭園を管理していたのは貴方ですよね」

しかし、私の問いにウーグ大臣はわずかに目を細めるだけだった。

「そんなものは証拠にもならん……仕入れていた種に紛れていただけだろう」

「では、ヴォルフ様が王宮内で見つけた避妊薬に、クロホシが用いられていたのも偶然ですか？私には、これらの繋がりが偶然には思えませんが」

しかしその追及も、ウーグ大臣はのらりくらりと躱す。

「いくら疑惑を向けようが。まずはこの厳重な管理がなされる王宮内に私が避妊薬を持ち込んだという根拠を提示せねば、そもそも話にならん」

その言葉に、ざわめいていた文官達がわずかに静かになる。

その隙を縫うように、私は声を張った。

「いえ……王妃殿下が使っていた避妊薬は王宮内に持ち込まれたのではありません。だから持ち込んだ根拠など必要ないのですよ」

「な……」

ウーグ大臣の表情が青白み、その口が真一文字に閉ざされる。

その反応はガイラス陛下にも、疑わしく映ったようだ。

「も、持ち込んでいないとは、どういう事だ？」

「持ち込まれるはずありません。この避妊薬は……王宮内で調合されていたのですから」

先程よりもいっそう大きなざわめきが広がる。

避妊薬が王宮内にて作られていたなど、誰も想定していなかったのだろう。

無論、私も今朝まで考えもしなかった。だがこれは紛れもない事実だと確信を持って言える。

「ウーグ大臣が、毒物の調合を王宮でおこなっていた証拠はほかにもあります」

謁見が始まる前に、シュイク様に頼んでウーグ大臣の部屋から取ってきてもらった物を取り出す。

以前に見かけていた物が、今ここで証拠となるのだ。

「貴方の部屋にあった……この土のついた手袋。これでクロホシの根を抜いたのでは？」

「そ……それは……」

言い訳を考える時間など許さず、私は彼にたたみかける。

「庭園の管理をしていたとはいえ、花々を植えていたのは庭師だったはずです。貴方が実際に土いじりをした事はないと、庭師からも証言はとれました」

加えて、彼には調薬の知識があったはずだ。

「ウーグ大臣、貴方は過去に調剤師としての輝かしい経歴もありましたね」

「そ、それがどうした……」

「王宮内で避妊薬を調合する知識があり、王妃に届けることができたのは貴方だけです。原材料以外の調合材は医務室などから拝借したのでしょう？　ちょうど医薬品がいくつか紛失していたようです」

「わ、私は……違う！　私は！」

ウーグ大臣が叫ぶ。しかしもはやそれ以上の弁明はなかった。

玉座の間はしんと静まり返り、ぜえぜえという彼の荒い息だけが響いた。

その中で、途中から項垂れていたガイラス陛下が顔を上げ、ウーグ大臣に向かって口を開いた。

「ウーグ……真実を白状しろ。もはやお前を調査するのは決まってしまった」

「っ……」

「部屋、自宅……全てを徹底的に調べる。お前とて証拠は隠せんはずだ」

陛下は、もうかつての忠臣を信用しているようには見えなかった。

その冷たい眼差しと声に、ウーグ大臣は噛み締めた唇を開き、諦めたように息を吐く。

「――彼女の言う通りです……王妃の避妊、ディノ殿下の毒殺も全て私が行いました」

ウーグ自身が罪を認め、自白した。その瞬間……文官達が怒声を上げて非難する。

「違う……皆、聞いてくれ。私は……」

大臣として積み上げてきた信頼が崩れ去っていく。

彼が過去に蔑まれながら、それでも屈せずに成り上がった立場。

今までの功績が……失われていくのだ。

どれだけ辛い事か、今の彼の表情を見ればよく分かる。

「私は……私は、国のために……」

悔しさに顔を歪め、必死に言葉を取り繕うウーグ大臣に同情はしない。

もう大臣とも呼べない。彼自身が手を悪に染めて、積み上げてきたものを崩したのだから。

ウーグは床に膝をつき頭を抱える中、陛下が周囲の喧騒を諌《いさ》めた。

「皆、黙れ」

途端に玉座の間は再び静まり返った。ガイラス陛下がウーグを見下ろし、痛ましげに顔を顰《しか》める。

「過去、ウーグが我が国のために尽力してきたのは紛れもない事実だ。それについてまで蔑むことは許さん」

その言葉にウーグがハッと顔を上げる。陛下は苦しそうな顔のまま、さらに続けた。

「無論。ウーグには……極刑を与えねばならん。――しかし。しかし、ウーグ。どうしてこのような愚行を犯した。お前が国のために尽力していた姿を私はずっと見ていた！」

次第に陛下の声が大きくなり、真実を乞うように問いかける。

「ここまでした、お前の想いを聞かせてくれ。余は……お前をただの愚か者として裁きたくはない」

ガイラス陛下の問いに、ウーグはゆっくりと顔を上げた。

先ほどまでの憔悴した表情でもなく、毅然と陛下を見つめている。

「……わ、私はこの国の未来を憂いていました。傲慢な貴族をまとめるブルーノ公爵閣下がいずれいなくなれば……貴族派閥は勢いを戻します」

話し始めたウーグの口上を、陛下は静かに聞き取る。

「貴族は馬鹿ばかりだ。私がいくら諫《いさ》めても平民出身というだけで下に見る。現に私の後、平民の優秀な者がいくら入ってきても、どれだけ功績を残しても……彼らは自分達の血こそが一番だと盲信して認めない！　そのせいで、若き才能達が貴族共に何人も排他されてきたのです」

「……ブルーノが当主を降りた後、余と共にそれを改善しようとは思わなかったのか」

そう陛下が呟いた時だ。

ウーグは拳を地面に叩きつけた。そして、涙を目に浮かべながら叫ぶ。

「貴方は、もう直に尽きる命でしょう！　私を置いていってしまう！　なのになぜ、そんな残酷なことをおっしゃるのですか！」

「っ⁉」

陛下の命が……直に尽きる？　信じられぬ言葉に、私を含めた皆が目を見開く。

ウーグは皆の動揺など気にせず、続けざまに叫んだ。

「皆も疑問だったはずだ！　どうして陛下が愛していた王妃を、二年で懐妊できないからと切り捨て、側妃を娶《めと》ったのか！」

「ウーグ……よせ」

「それはガイラス陛下が病を患い、世継ぎが早急に必要となったからだ！　その病弱な身ながら、陛下はディノ殿下に王位を継がせるため……寝る間も惜しんで政務にあたったのだ」

ガイラス陛下の苦々しい顔を見ても、ウーグはついに止まらなかった。

振り上げたこぶしが宙をさ迷い、やがて、力なく床に落ちる。

「その無理が続き……陛下は余命宣告を受け、その時間はもう一年も残されていない……」

周囲の文官が互いに顔を見合わせて黙る。

ガイラス陛下が崩御……ウーグの言葉を信じれば、その時はもう直に訪れるのだろう。

その不安を、陛下の塞いだ表情が裏付けていく。

ウーグは瞳に涙を溜めて、責めるように陛下へと叫んだ。

「貴方やブルーノ閣下がいない王国で、私にたった一人で……あの馬鹿な貴族どもを諫《いさ》めろと？

私を人間だとも思っていないやつらと生きていけと⁉」

「ウーグ。すまない……余は」

「貴族共が力を持って好き勝手に生きれば、この国は終わってしまう！」

ウーグは再びぎらついた目になると、押し黙る文官達を睨みつけた。

「だから私は民の平和のため、国を変えようとしたのです！　サフィラ王妃を利用し、王家崩壊の道筋を作ろうとしていた！　すべては貴族などいない理想の国を作るために！」

「……」

「私の行為は正しいはずだった！　真にこの国の未来を憂いて行動していたのは私だけだ！」

その場の誰も、ウーグへと言葉を返せないでいた。

文官達も、ガイラス陛下も、ヴォルフ様も。

けれど――

「ウーグ様、それで本当によかったのですか」

彼の真意を聞けた……その胸の内に抱えていた不安も、動機も全て知った。

でも、やはり彼は間違っていると、私は確信を持って言える。

「小娘……貴様に何が分かる⁉」

「貴方の苦しんだ過去など私には分かりません。ですが、貴方のやり方は間違っていました。幼子を犠牲にして押し通す思想のどこに大義などあるのですか」

「っ……」

「ディノ殿下と共に国を導く道も、閣下に貴族達との仲を取り持っていただく未来もあった。貴族との対話の道や全ての可能性を捨て、貴方自身が最も血が流れる修羅の道を選んだのです」

私の言葉に、ウーグ大臣はぶるぶると手を震わせ、こちらを見上げる。

「……この先の平穏のためには、必要な犠牲だったはずだ」

「子供を犠牲にした血まみれの手で、貴方は誰を導くというの？」

私の言葉は綺麗事かもしれない。

それでも私は、幼子を犠牲にして理想を掴むなんて事を肯定したくない。

「違う……ディノ殿下は幼すぎる。とても国政を制御できまい……だから私は国のために……」

「ウーグ様、ディノ殿下は王になるために努力していらっしゃいます。なのに幼いからと殿下を認めずに若き芽を摘むことは……貴方が蔑んでいた貴族と同じ行為のはずです」

「わ、私は……違う、ちが……私は、違う！」

「貴方が最も憎む存在に成り果ててこの国を治めた先……民の平和はどこにあるの？」

ウーグはその拳を何度も、何度も地面に叩きつけて叫ぶ。

最も憎む存在に成り果てた事への怒りか、まだ自身は悪くないと足掻くのか。

真意は分からないが、どのような想いがあれど彼の罪は決まっている。

「ウーグよ」

なおもわめき散らすウーグのもとへと、ガイラス陛下が玉座を降りて歩み寄っていく。

その突然の行動に、周囲がざわめく。

しかしそんな声を意にも介さず、陛下はウーグの前で膝をついた。

「あの庭園は……花が好きだったサフィラのため整えていたと、お前には伝えていたはずだ」

「……っ」

ウーグが息を呑む。

「それを利用して、余と彼女の子という未来を断とうとしたのか？」

陛下の声が氷のように冷たくなる。

陛下が庭園を管理させていた理由とともに、ウーグのおぞましい行為を暴き立てていく。

「……お前は誰かを愛する気持ちや行為を利用して、毒や避妊薬を使い悪事を企てた。そこには、やはりアーシアの言う通りに大義などあるはずがない」

「……私は、私は国のために」

「もう、みっともない言い訳を吐くな。このスフィクス王国の大臣らしい最後を示せ。ウーグ」

名を呼び、諌《いさ》める言葉は、陛下からウーグ『大臣』に向けた、最後の威厳を保つ機会。

それを感じ取ったウーグは、瞳は迷いながらも……初めて、その頭を下げた。

「ガイラス陛下………申し訳、ありませんでした」

「このような最後となったが……長年大臣として余を支えてくれた事。感謝している」

陛下は最後まで、ウーグへの恩義を忘れずに口にした。

「王妃同様、お前とも話し合っていれば……余はきっと、違う未来へ導けたのだろう」

「ガイラス陛下……」

「すまなかった。お前にその選択をさせたのは、余が未熟であったからだ」

陛下の言葉に込められた心からの謝罪には、確かな後悔が含まれていた。

重罪人であるウーグに対して頭を下げた姿に、その場にいる誰もが感じ入った。

「ウーグを重罪人として連行せよ」

陛下が低い声で告げる。ウーグは抵抗することなく、騎士達に連行されていく。

項垂れている彼の背中へ、私は質問を一つだけ投げかけた。

「……貴方にお聞きしたい事があります」

「なんだ？」

「貴方が、王妃の不義を隠していたのは事実ですね？」

皆が……ウーグの答えを待った。

彼の返答こそが、大きな証言となるからだ。

しかし、彼はその顔を皮肉げにゆがめると、ふっと鼻で笑った。

「私は王妃に黙って避妊薬を服用させた、彼女は何も知らぬ……不義の隠し立てなどしていない」

最悪の返答だった。不義の結果が分からぬままでは、もしもサフィラ妃が堕胎を選び、それが成功してしまえば彼女が孕んでいたのがレジェスの子だったのかどうかは闇に葬られる。

息を呑んだ私に代わるように、ガイラス陛下がウーグに鋭い声を飛ばした。

「ウーグ。答えよ！　王妃の不義は事実だったのだろう？」

「ガイラス陛下。いずれ結果が分かります……それまでに貴方が王妃様に余命をきちんと明かし、分かり合える事を願っておりますよ」

「っ!!　そんな事が、余への罪滅ぼしのつもりか？」

「違います。私自身……どうせ死罪になるなら一人で死にたいだけですよ」

どうすればいい？　ここまで来て……まだ、終えられないのか。

もしサフィラ妃の罪が問えなければ、レジェスの罪すら公的に問えないことになる。

終わりが見えていた故に落胆で俯くと、ウーグは笑みをこぼした。

「アーシア！　万が一にも王妃が流産すれば、証拠は不十分となるだろう。そうなれば、お前こそが王妃の不義を吹聴した逆賊に成り果てるだろうな」

ウーグの声は、彼がその場を離れてもずっと……耳の中に残り続けた。

◇◇◇

ウーグは早急に牢に囚われて尋問を受けることになった。

陛下やヴォルフ様がすぐに供述させると言ってくれたが、あの様子では口は割らないだろう。

だが私は落胆などもうしていない。

何かまだ見つけていない糸口はないかと、王家騎士団の執務室に戻り、思案していた。

その最中、勢いよく執務室の扉が開く。

顔を上げると、久しぶりに顔を見るディノ殿下が、大きな絵本を抱えてそこに立っていた。

「アーシさん！」

「殿下……お身体は大丈夫なのですか？」

「うん！　からだはもうだいじょぶ！」

殿下はそう言ってニコニコと笑うと、私の膝上に座って、持って来ていた絵本を開いた。

突然の行動に驚いていると、ディノ殿下はこちらを振り向いてニコッと笑った。

「今日はね、ディノがつかれてるアーシさんに、絵本、きかせてあげたいの」

その言葉にびっくりしてしまった。

理由を聞くと、ディノ殿下の護衛についていたシュイク様が、私の心配をしてくれていたそうだ。

だから、空いている時間に部屋を抜け出し、ここまで来てくれたという。

本当にこの子は優しい。今はその思いやりが染みわたり、思わず顔がほころぶ。

「ディノ殿下、いいのですか？」

「うん！　ディノからの……助けてくれたお礼！」

私のためにと、絵本を読んでくれる優しい殿下の頭を撫でる。

沈んでいた気持ちが次第に晴れ、気持ちが落ち着いていく。

「殿下は……優しいですね」

「ブルーノおじさんがね、優しさがいちばん大事って言ってたから。ディノは優しく生きるの」

「ふふ、ブルーノ閣下らしいですね」

不意に口から漏れたブルーノ閣下の名に、ふと以前に彼が言った不可解な言葉を思い出した。

『虚言なら見事だ。三年間も準備をした末に王家を騙すのが目的ならば、喜んで首を差し出そう』

そうだ、ブルーノ閣下に会う機会がなく、すっかり忘れていた。

過去にウーグを諫《いさ》めていたあの時、ブルーノ閣下は私がレジェスから逃げ出すため――そして物語を変えるために三年間の準備をしていたと知っていた。

それを教えた事などなかったはずなのに――

「どうしたの？　アーシさん。ぼーっとして」

「いいえ、ブルーノ閣下に……聞かないといけない事があるのを思い出したのです」

「ふうん？」

「でも、今は大丈夫です。絵本を読んでいただけますか？」

殿下へと笑いかけ、その後は再び絵本を読み終えるまで共に過ごした。

ディノ殿下の声は溌剌《はつらつ》としていて、聞いているだけで元気が出てくる。読み聞かせを終え、拍手を送ると、殿下は嬉しそうに「もっと読めるの！」と言って机の上を眺め始めた。

絵本の代わりに読めるものを探しているのかしら。

そう思って、何か差し出せるものを捜していた時だ。

「どうして、おんなじ本がみっつもあるの？」

殿下が、私達が今まで受け取った医学本を指さした。私、ヴォルフ様、陛下宛てに置かれていた医学本だ。ヴォルフ様から受け取って、それからそのままにしていた。

「少し事情があるのですが、これのおかげで殿下も助かったのですよ」

「へー、文字いっぱいだね～」

手を伸ばした殿下がページをめくったのは、ガイラス陛下の私室前に置かれていた医学本だった。

同じ本だが、これには『陛下、名乗り出る者は信じず。アーシアを信じてご判断ください』と書かれている。これのおかげでエレノア公爵の自死に惑わされずに済んで……

「……あれ？」

あの日、確かにこの本は陛下の私室前に置かれていた。

つまり医学本を置いた人物が、その日、その場所にいたということで――

一瞬、ブルーノ閣下だろうか？　と思ったが、執務室に置かれっぱなしだった城内立ち入り申請の履歴を見ても、あの日にブルーノ閣下が訪れたという記載はない。

「なら……誰が？」

あの日、ガイラス陛下が医学本を持っていた時。

陛下の私室前に本を置けそうなテセア妃は、私達とずっと一緒にいた。

サフィラ妃やウーグ大臣にも可能性はあるが、自ら不利となる医学本を置いたとは思えない。

なら、他に誰が王宮内にて陛下の私室前に医学本を置けたのか……

「……そうか。あの人だけが、医学本を置けるんだ」

「アーシさん、どーしたの？」

「殿下のおかげで、新たな真実を掴めたかもしれません」

私の言葉に、ディノ殿下はきょとんとしつつも「よかったね！」と言ってくれる。

笑みをこぼす殿下の手を握り、改めて推理する。

陛下の私室前という、護衛もいる状況で見つからずに医学本を置くなど不可能だ。

しかし医学本を置いたのが……他でもない陛下の護衛だったら？

陛下の護衛とは王家騎士団のみが請け負う。

その中で疑惑だったブルーノ閣下と深い関係を持つ人物が、一人だけいる。

「シュイク様……」

あの日、医学本を陛下の部屋の前に置けたのは……彼だけだ。

◇◇◇

シュイク様へと答えは導いたが、彼の姿を捜す前に私とヴォルフ様は再び玉座の間に呼ばれた。

なんと陛下は、私へと自ら頭を下げ、謝罪をしてくださったのだ。

「すまない、アーシア。やはりウーグは口を割らなかった」

「大丈夫です……予想はしておりましたから」

「これでは、やはり王妃の出産まで待つしか残されていないか……」

隣で呟いたヴォルフ様の言葉に、私は別の事実を打ち明けようとした。

さきほど私が導いた答えを、彼らに話そうと思った瞬間。

「安心してください。ご出産まで待つ必要はありません」

私の思考を遮って、ブーツの足音が響く。

視線を向ければ……まさに彼が来ていた。

「……シュイク様」

シュイク様は頬にわずかな笑みを刻んで私を見てから、陛下の前へと跪いた。

「無断で玉座の間に入り、申し訳ありません、陛下」

「何用だ？　シュイク」

「まずは報告を。昨夜の襲撃者に、ウーグ大臣が捕まったと伝えたところ、彼の指示によるものと全員自白いたしました」

襲撃者の情報には、陛下はわずかに頷くだけだった。

そんなことなら後で伝えればいいはず、というのが分かっているからだろう。

「それで？」

促されたシュイク様は一度顔を伏せてから、陛下を見上げた。

「恐れながら……陛下には王妃の部屋へと私と赴いていただきたく存じます」

「何？」

一体、シュイク様は何を言っているのだ。

突然やって来て、王妃の部屋へ陛下と共に向かうなんて。

私はヴォルフ様と視線を交わす。

陛下はやや気分を害したような声色で、シュイク様へ問いかけた。

「理由を言え」

「本日……王妃と元近衛騎士団長が姦通を行っていたこと。それを証明するためです」

「何を……言って」

「答えはすぐに分かります」

シュイク様は意味深な言葉を告げ、私とヴォルフ様へと向き直った。

「アーシアさん、ヴォルフ団長。二人が無事に大臣の罪を明らかにしてくれた事、感謝します……

これだけは僕達ではどうにもできなかった」

「シュイク。お前は、何を言っている」

ヴォルフ様の問いにも、彼ははぐらかすように笑みを返すだけだった。

「もう終わりますから、お二人は自由になってください。ここから先は僕の家族の問題です」

シュイク様の話には疑問しかない。

だが溢れる疑問を呑み込み、私は彼の言葉を否定した。

「シュイク様。貴方がこの医学本に関係しているなら、もはや私達が無関係だとは言わせません」

私が持っていた医学本を見せつけると、シュイク様は目を瞠《みは》った。

「っ⁉　……驚いた。やはり貴方は凄いですね、そこまで分かったなんて」

その反応を見て、私の考えは合っていたのだと確信を得る。

シュイク様は視線をさ迷わせると、先ほどまでの意味深な雰囲気をしまい込んで、頬を掻いた。

「これ以上、貴方達をこちらの事情に巻き込みたくはなかったのですが……」

「そんな配慮は必要ありません。私達が知りたいのは事実だけです」

「断っても無駄そうですね。分かりました、貴方達も来てください」

「シュイク……何を知っている」

「ヴォルフ団長、今は全てを説明する時間がありません。でも……僕らはこの物語をより良い方向に導くため行動しています。どうか、それだけは信じてください」

「……物語だと？」

ヴォルフ様の問いかけと共に、私は目を瞠《みは》った。

もちろん、医学本に日本語が書けるというのはそういうことだが——シュイク様まで前世の記憶を持っており、ここが物語の中だと分かっているのだろうか。

私達が目を丸くするのを見ると、シュイク様はくすっと笑って頷いた。

「すみません……もう答える時間がない、王妃の部屋に向かいましょう」

そう締めくくって、シュイク様が陛下に向き直る。陛下は困惑した表情で私達を見ていた。

「お前達……なんの話をしているのだ？」

「陛下、シュイク様の提案を……受け入れてくれませんか？」

私達でも混乱しているのだ。陛下が困った表情をするのも当然だが、それでも今はどうか彼の言う通りにしてほしい。そんな願いを込めて見上げる。

多くの謎や陰謀を解いてきた先で、唯一残っていた……医学本という謎。

その答えを知るため、今はシュイク様の視線に、シュイク様の言葉に従いたい。

私とヴォルフ様、シュイク様の視線に、陛下は幾秒か考えた後、ゆっくりと頷いた。

「分かった。時間はないのだろう、すぐに向かおう」

王妃とレジェスの姦通の罪を、シュイク様がどう証明するつもりなのか。

「シュイク様……全て終われば、聞かせてもらいますからね」

「はい。必ず説明すると約束します」

そう言って、私達は先を急いだ。


廊下を歩き、あと少しで王妃の部屋へと辿り着く手前で、シュイク様が私に呟く。

「それにしても、貴方は鋭いですね。多くの謎を解いて、本当によくここまで導いてくれました」

「……偶然です」

「いえ。その洞察力には、前世が関係しているのかもしれませんよ」

当然、私が前世の記憶を持つことも分かっているようだ。

まったく……どこまで知っているのか。

「残念ながら私は、前世の仕事すら思い出せませんよ」

冗談めかして言うと、シュイク様は頬笑みながら首を傾げた。

「そうですかね？　例えば……刑事だとか？」

「え？　何を言って……」


『新作、楽しみにしてますね。先生の作品なら絶対読みますから』

『はい。貴方のためにも……良い作品にしてみせます！』


その時——突然、不思議な景色が頭の中に流れ込む。

「王妃の部屋に着きました。入りましょうか」

しかし、それについて考える間際で、シュイク様の声で現実に戻された。

思考は一旦止めよう、疑問は多いが……今はレジェスと王妃の不義を明らかにして、私の自由を取り戻す事が先決だ。

シュイク様がコンコンとノックを鳴らすが、返答はない。

陛下に許可を貰い、四人で入室すると部屋は真っ暗だった。

「――これは……」

即座にヴォルフ様が明かりを用意してくれる。

灯った明かりの中、サフィラ妃が一人、寝台の上で耳を塞いで何かを必死に呟いていた。

「私は……悪くない。愛を求めて何が悪いの。私だって、愛されたかったの」

まるで、自分に言い聞かせているかのように必死な様子。

しかしそれは、私が近付くのを彼女が気付くまでの話だった。

「ア……アーシア……ど、どうしてここに！」

私を見るなり、サフィラ妃の表情が不安げなものから憎しみに満ちたものに変わる。

「出て行って！　あんたの顔なんて見たくない！」

まるで幼子の駄々のような金切り声に、私はふうっと溜め息をついた。

「同意見です。でも私には、貴方とレジェスの罪が確定するのを見届ける義務がありますから」

当然ながら納得のいかぬ表情を見せるサフィラ妃へと、陛下が歩み寄った。

「サフィラ……」

「っ⁉　ガイラス様。どうして貴方までここに……」

「お前の罪を……見届けるためだ」

「……やっぱり、信じてくれないのですか。ガイラス様……」

どれだけ悲しげな声を上げようとも、誰も同情の目は向けない。

そんな中で、シュイク様だけが普段通りの雰囲気のまま手を叩いて微笑んだ。

「それでは直に父上も来ます……準備を始めましょうか」

「ブルーノ閣下がここに？　シュイク様……一体、ここで何をする気ですか？」

「レジェス自ら、サフィラ王妃と不義を果たした証拠を持ってきてもらうのです。それこそ父が仕掛けた……王妃と接触するための罠ですから」

シュイク様の微笑みと共に、これから行われるすべてが彼から明かされた。


これは誰の物語・六（レジェス side）

ブルーノ閣下が突然家に訪れたあの日から幾日か経った頃、いきなり屋敷へと手紙が届いた。

手紙に書かれた指示通りに、屋敷の郵便受けを漁《あさ》ると望みのものが用意されていた。

紙に包まれた粉状の薬、これがあの医学本に書かれていた堕胎薬だ。

不義の疑いをかき消すために必要なものが、俺の手にある。

「流石、閣下だ。よし……よしっ……!!」

手紙には他に、指定された日に、王城へ来てほしいと指示が書かれていた。

俺にとって望みの綱は閣下しかいない。そのため、素直に指示に従って期日を待った。

驚いたことに、当日の夜、いつも屋敷の前で俺を監視していた騎士達は不在になっていたのだ。

閣下の手回しの良さに感服する。

「本当に……閣下がここまでしてくれたのか」

感嘆の声と共に屋敷を出る。指定された時間は深夜で人通りも少ない。

王都の普段の賑わいから一転した様子には、毎夜ながら薄気味悪さを感じる。

足早に歩き始めた時、俺の袖が引かれた。

「あ、あの」

「ん……誰だ」

目線を下げれば、幼い少女がいた。今にも泣き出しそうで、瞳に涙を浮かべている。

「迷子か？」

コクリと頷く少女に、面倒に感じながらもしゃがみこんで目線を合わせる。

「家の場所、もしくは歩いてきた道は分かるか？　送って行ってやる」

まだ時間はある……迷子の案内ぐらいは済ませてもいいだろう。

「ありがと……お兄さん」

「あぁ、どこから来たかゆっくりでいいから思い出せるか？」

迷子の案内など、騎士団の見習い時代を思い出す。

あの頃は国のため、民のためにと未来を夢見て、剣の腕を研鑽していたはずだった。

そんな昔を思い出してしまうと、途端に今の自分を俯瞰して見てしまう。

民のためにと夢描いた若き俺が、子を堕胎させようとしている今の俺をどう思うだろうか。

そんなことを考えていると、再び手を引かれた。

「ここ！　ここだよ！　お兄さん！　ありがとう！」

「……あぁ、気をつけてな」

少女はするりと手を抜け出して駆け出す。それから笑顔で手を振ってくれる少女に手を振り返す。

サフィラ様が身籠る子も……育てばあの子のように、笑うのだろうか。

「っ……これで、いいのか」

今から俺がするのは命を奪う行為だと……今更になってその重荷に気付いた。

堕胎させていいのだろうか。サフィラ様は俺の子だと言ったがその保証はなく、下手すれば無関係な王家の子を殺す事になる。だが万が一にも俺の子ならば、俺達の未来は暗く閉ざされてしまう。

「俺が……選ぶべきは」

情けなくも、選んでしまうのは――

やはり、自己の保身であった。

進む足は止められずに、それからはまっすぐに王城へと向かう。

サフィラ様には悪いと思っている。

でもこの選択は……俺と君の今後の人生のためにも必要なことなんだ。

だからどうか許してほしい、まだ名もなき子よ。

◇◇◇

王城に辿り着くと、俺をブルーノ閣下が迎えてくれた。

「おぉ！　無事に来られたか！　レジェスよ！」

「ブルーノ閣下。感謝いたします。貴方のおかげで堕胎薬も受け取りました」

「あぁ、こちらは王妃が軟禁されている部屋へ向かう道筋を確保した。来るといい」

手回しが早くて本当に助かる。

俺も早く、サフィラ様のお腹の中に宿る子供を堕胎させねば安心はできない。

焦る気持ちが足に乗り、ブルーノ閣下の背を迷いなく追う。

それにしても、真夜中とはいえ城内に、あまりに人がいない。

「城内に監視がいない……一体どうやって？」

「公爵位ともなれば、取れる手段も多くなるものだ」

城内には驚くほど監視がおらず、サフィラ様の部屋まで特に障害もなく進むことができた。

もぬけの殻の城内に不安さえ覚える程だ。

サフィラ様の部屋、その扉の前に立ち、いよいよだ……と思った時。

突然、ブルーノ閣下がこちらを振り向いた。

「なぁ、レジェス」

「どうしました。閣下」

「一つ疑問なのだが、王妃の護衛騎士の地位を得て、彼女に愛を捧げるだけなら……なぜ、アーシア嬢を虐《しいた》げる必要があった？」

「こんな状況で……それを聞いて、どうするのですか」

「勘繰るな。……ただの世間話だ」

戸惑いながらも、口はするすると開いた。

「俺にはサフィラ様がいる。だからアーシアに心が向かぬよう、自分を律するために遠ざけました」

「……そうか」

どこか、閣下の声色が低く感じる。

不快そうな返答に、慌てて取り繕うように理由を添えた。

「それと、サフィラ様が嬉しそうだったからという理由もあります。アーシアを虐《しいた》げた報告をするたび、彼女は自分を愛してくれたのだと……嬉しそうでした」

今になって思えば、サフィラ様は俺に妻を遠ざけろとよくお願いをしていた。

それも相まって、アーシアを蔑む言動が強くなったということはあるだろう。

俺の言葉を黙って聞いていたブルーノ閣下は、ドアノブを握りながら静かに聞いた。

「そこまで愛した女性に、母体への毒にもなる堕胎薬を飲ませる事……何も思わないか？」

「きっとサフィラ様だって分かってくれます。俺と彼女の未来のためですから」

俺の答えに、ブルーノ閣下は何も答えぬままだった。

依然として鋭い眼差しを向けられて、気持ちは落ち着かない。

まだ、ドアは開かれず。ブルーノ閣下は俺を見つめたままだ。

「なぁ、レジェスよ。私は公爵家の責務として、昔から貴族達を束ねてきた」

「急に、どうしたのですか？」

「まぁ聞け。そんな私が……貴族達に共通して感じたのは、なんだと思う？」

「分かりませんが、俺が感じているのは、皆、聡い者ばかり……でしょうか」

「そうか。私とは違うな。——私は、貴族とは虚栄、保身のためならどんな手段でも取ってしまう愚か者が多いと思っている。お前のようにな」

「え……」

何を、言っている。

「だが、そんな貴族達を理解してやる事で……利用することは容易くなるものだ」

「閣下、今はそんな話をしている暇は……」

返答をした刹那、閣下が俺の首元を掴み上げた。

太く逞《たくま》しい指が喉仏に喰い込み、声が出せなくなる。

「レジェス、そんな貴族共を御するには嘘が必要だ。私はすっかり得意になったよ」

「な……にを……」

「だがな、お前がアーシア嬢にした仕打ち。この怒りを……私はもう隠せそうにない」

「なっ……っ!?　や、やめっ!!」

捕まれた喉に指を押し込まれるまま、不意に押される力に抵抗できずに足がもつれる。

必死に閣下の手を掴み、自らの体勢を整えた。

「か……閣下、こんな時に何をして……」

「流石は近衛騎士団長を務めただけの事はある。不意打ちであっても私では組み伏せられぬか」

何を言っている！　まさか閣下は……俺を嵌《は》めたのか？

「離せ……嵌《は》めたな。この……」

「アーシアは、私の妻を物語で喜ばせてくれただけでなく、こんな爺を慕ってくれる愛《う》い子だ。そしてこの世界が完成した物語だったなら、本当に娘であったはずだ」

「何を……言って！」

「私がお前をここに連れて来たのは、一つはある人物の望み通り。この物語を最後まで導き……アーシア嬢を自由にするためだ」

もがくけれど、閣下の手は離れない。ただギチギチと喉に指の食い込む音がする。

「もう一つは私個人が独断で動いている。王妃サフィラ。あの女に前世の記憶があるか確かめ……その記憶次第では……殺すためだ」

その声と共に、不意にドアノブが引かれ、ブルーノ閣下の手が離れる。

呼吸を求めて深く息を吸い込んだ瞬間、中から走ってきた影が、俺を部屋へと引きずり込んだ。

必死に体勢を立て直して、慌てて視線を上げ、目を見開く。

なんで、お前がここに。

「な、なんで……ここに？」

その部屋に居たのは、サフィラ様だけではなかった。

ヴォルフ王家騎士団長と、もう一人……

「ア……アーシア。なんで！」

俺の立場も名誉も、信頼も実績も、全てを奪った女。

アーシアが、俺を見下ろしていたのだった。

第九章　裁かれるべき人は

私達はシュイク様の指示に従って、時を待っていた。

やがて、シュイク様がドアを開いた途端に、誰かを部屋に引きずり込む。

「ア……アーシア。なんで！」

転がり込んできた男性はレジェスだった。

しかし、久々に会った彼との再会は当然喜べない。

むしろ、彼がここに来た理由をシュイク様から聞かされた身としては、失望が大きかった。

「やはり、ここに来てしまったのですね」

「お、俺は……」

彼自身も状況を呑み込めていないようで、言葉を詰まらせている。

ならばと、彼の後に入ってくるブルーノ閣下へと視線を向けた。

「閣下、お久しぶりです」

「アーシア嬢。ここにいるということは……シュイクから事情を聞いたのか」

「はい。ウーグを捕らえられた後、シュイク様達が医学本に関わっていると分かりましたから」

「流石だな、嬢。君はこちらの予想を易々と超えてくれる」

「有難きお言葉です。ですが今は……事情の説明をお願いいたします」

ブルーノ閣下は私の言葉を聞くと、「ふむ、見せた方が早いか」と言って、戸惑っているレジェスの懐を探った。そこから出てきたのは、堕胎薬だった。

「レジェスはこれをサフィラ妃殿下に使うため、王妃の子を殺すために来たのだ」

レジェスの表情が、一気に青ざめる。

サフィラ妃も同様に、その薬の存在に怯えた目を向けてお腹を押さえた。

「さあ、愛した女性に、お前の保身のために子を殺すつもりだったと説明するといい」

そう言って、ブルーノ閣下は堕胎薬をレジェスに手渡した。

サフィラ妃はそのお腹を庇うようにして、数歩下がる。

「嫌よ！　な、なんで……なんで、レジェスがこの子を殺そうとするの？」

「ち、違います……これは誤解で」

言い訳も虚しく、サフィラ妃は距離をさらに離していく。

「レジェスは、お腹の中の子が……死んでも良かったというの？」

「違います、サフィラ様！　俺は貴方のために最善を選んだだけだ！　俺が君を愛しているからこその選択だったのです！」

レジェスはそう言い募るが、その姿はどこか滑稽だ。

彼が語る愛は偽物だと、彼が持つ堕胎薬こそが証明しているのだから。

サフィラ妃もそれに敏感に気が付いたのか、腹部を押さえる顔に怯えの影が見えた。

私は、二人の間に割って入るようにして、レジェスを見つめた。

「……ねぇレジェス。必死に言い訳しているけれど……それは、全部自分のためでしょう？」

「アーシア、黙れ。俺は本当にサフィラ様のために……」

「堕胎薬の性質を知っていながら、それを言うのですか？」

私の言葉に、レジェスの瞳が泳ぐ。

やはり彼は堕胎薬の危険性を知っていながら、持ってきたようだ。

「私も医学本を見て、その堕胎薬については知っています。だからこそ分かります」

「な、待て……違う！」

レジェス、貴方がサフィラ妃に伏せている事を教えてあげよう。

貴方の決断には、彼女への愛が含まれていないのだと。

「その堕胎薬は、お腹の中にいる子供だけではなく、母体にまで影響がある毒物ですよね」

「っ!?」

禁じられた愛に燃え上がった二人だが、身を滅ぼす間際にレジェスの本性が出た。

彼が最後に選んだ選択は、母体すら犠牲になる可能性を厭《いと》わぬものだったのだ。

「レ……レジェス……なんで、どうして！」

「ち……違う。サフィラ様！」

「最後は自己保身なのですね……せめて愛を貫いてほしかったわ。レジェス」

ため息を漏らせば、レジェスの顔が苦悶で歪む。

「サフィラ様、違うんだ。聞いてください！」

「い、いや……来ないで！　どうして、どうして皆、私を愛してくれないの！」

「サフィラ様……俺は……」

「なんで、私は……幸せになるはずだったの。彼は今度こそ私を心から愛してくれるはずだったのに……特別に想ってくれる存在だったのに！　なんで！　どうして！」

なぜレジェスをそこまで盲信していたのだろうか。

その真意は気になるが、サフィラ妃の愛を失ったレジェスの相手が先だろう。

再び視線を向ければ、彼は私へと近づいていた。

彼の目は既に焦点が合っておらず、表情を歪めて私の前でへたり込んだ。

「ア、アーシア。お、俺から……サフィラ様すら奪うのか？」

「……その結果を招いたのは、貴方よ」

「お、お願いだ。もう……やめてくれ、許してくれ」

地位も、築いた名誉も、伯爵家としての財産も。

最後の拠り所であった愛すら失った彼は、涙を流して私に訴えかける。

過去に近衛騎士だった彼は、確かに輝いて見えた。民のために一生懸命に働いている姿は魅力的だったはずだ。でも今の彼にはその頃の影もなくて、欠片も魅力は感じない。

過去に愛していたという事実が恥ずかしくなるほど、惨めに成り果てている。

「すでに……隣の部屋でガイラス陛下が全て聞いております」

「っ……」

もう言い逃れなどできない、彼らの罪は確定だ。

レジェス自ら、堕胎薬と共に証言したのだから。

「やっぱり貴方は、一人で生きていけなかったのね」

私の言葉に、レジェスは絶望に染め上がった表情のまま顔を上げた。

「俺が……一人で、生きていけない、だと？」

「ええ、自分の現状を見て。一人で立派に生きていると胸を張って言えるの？」

「なんだよ、それ。お前が……お前が俺から全て奪ったせいで、こうなったのだろう！　地位も、名誉も、サフィラ様すらも、お前が！」

相手をするのも面倒だ、彼と問答を繰り返しても意味がない。

ここまで追い詰められても、まだ他責思考が抜けないのだから。

彼はみっともなくも怒りを浮かべて拳を握り、憎悪に満ちた瞳を向けた。

「……アーシア。お前だけは許さない」

「レジェス。その怒りを少しは自分自身に向ければどうですか」

「自分自身に……だと？」

「ええ。過去の自分と比べて今の自分がどれだけみっともなく成り果てたか。考えてください」

その言葉に、レジェスは大きく目を見開いた。

何か思い当たる事でもあったのかもしれない。

私は、ゆっくりとしゃがみ、膝を落としたままの彼と視線を合わせた。

「貴方は過去……とても優秀な騎士でした。でも貴方は、王家を裏切ってその剣を鈍らせた時から……惨めに落ちていった」

私の言葉と同時に、レジェスは表情を憤怒に染めていく。

拳に爪が喰い込むほど強く握り……顔を上げて叫んだ。

「俺が惨めになったのは、幸せを奪ったお前のせいだろう！　俺はサフィラ様を慮《おもんぱか》って、悲しむ彼女を救おうとしただけだ。そこに間違いなどない！」

レジェスは雄叫びを上げて拳を振るおうとしたが、ヴォルフ様が目にも見えぬ速度で鞘を払い、剣を彼の首元に当てた。

ぐっ、と動きを止めて、悔しげに表情を歪めたレジェスが唇を噛み締める。

「……落ち着いて自分を見つめ直してください」

「見つめ直せ……だと？」

「貴方は、王妃の護衛になる前の自分に……胸を張って会えるのですか？」

その問いかけに、レジェスが握っていた拳が落ちる。

先程までの勢いはなくなり、その表情からは気迫が消えていく。

「レジェス。騎士になった当初の貴方は、民のために邁進しており……本当に素敵でした」

「俺は……」

「でも、貴方は、サフィラ妃との愛に溺れ、その信念を捨ててしまった。その日から貴方は間違いを重ね、自ら落ちていったのですよ。今の不幸は私のせいではありません」

「ぐっ……違う!!　違う！！！　俺はただサフィラ様のために！」

レジェスの叫びが、獣の鳴き声のように響く。

耳が痛くなるほどの声量に、サフィラ様がお腹を押さえて怯えた。

だけど、私の心は驚くほどに落ち着いている。

分かっていたからだ。

レジェスはもはや、自らの落ちぶれた姿を見つめ直し……後悔を胸に刻み始めていると。

「貴方は全て間違っております、守るべき王家を裏切り、私を虐《しいた》げた上で成り立つ仮初の立場で……サフィラ妃との日々に堕落してしまったのですから」

「なら、なら俺はどうすればよかった！　悲しむサフィラ様を放っておく事など出来なかった！

俺に何が出来たというんだ！」

「もっと他の道があったはずです」

叫ぶレジェスへと、私は淡々と言葉を返す。

「王家を裏切りサフィラ妃へと寄り添う事が、正しい道でしたか？　私を利用して生きていくような道を、昔の信念を抱いていた貴方が許してくれましたか？」

「俺は……俺は」

「騎士団時代の理念通り。民のため、国のために生きるという道を違えた時点で……貴方はもう騎士としても、優秀な貴方自身も殺していたのです。自らの手で」

「俺は……俺はただ、サフィラ様を想って。俺はぁぁ！」

レジェスはずっと自分ではなく他人ばかりを責めてきた。

しかし、ようやく自らの間違いを自覚したのだろう。

彼の泣く声が部屋に響き渡り——やがて、彼はぼろぼろになった表情で、ぽつりと言った。

「…………すまな……かった」

「っ……」

レジェスが漏らした謝罪に、私はただ一言だけを返す。

「さよなら、レジェス。私の愛していた過去の貴方に、恥じぬ最後を送ってください」

無言で答えた彼は、シュイク様によって拘束され、連行されていった。

先程と打って変わって無抵抗な様子に、レジェスは自らの罪を自覚したのだろうと感じた。

あとは、サフィラ妃だ。

私が振り向くと、彼女は怯えたような表情でこちらを見上げていた。

「何……よ」

「もう諦めてください。貴方も終わりですよ」

「終わってない！　まだレジェスの子と確定したわけではないはずよ……まだ猶予は……」

「いや、ここまで証拠が出揃えば、もう言い逃れできません」

まだサフィラ妃は言い逃れする言葉を吐き続ける。

でも……もう、そんな言い分は成り立たない。

ウーグが避妊薬を調合していた帳簿から、彼女が陛下と会う前日に必ず避妊薬を調合していたことがすでに判明している。レジェスとの逢瀬の日も同様だ。

ここにレジェスが堕胎薬を持ってきた事実を照らせば……もはや言い逃れなどできない。

「な……なんでこうなるのよ。私は幸せな未来を望んで……ただ愛されたくて、求めただけなのに」

呟くサフィラ妃は、涙を流して膝を落とす。

悲泣の声を響かせる彼女に、同情する気はない。

彼女は自分の幸福のために私を嘲笑い続け、果てはディノ殿下さえ危険に巻き込んだのだから。

だが、彼女を説得するべき人は私ではない。

部屋の扉へと視線を向けると、その人はすでに、私達の元へ静かに歩み寄っていた。

「サフィラ……もう終わりだ。認めるんだ」

泣きじゃくるサフィラ妃の声を遮ったのはガイラス陛下だ。

やって来た陛下の瞳には、涙が浮かんでいる。

その姿を見て、サフィラ妃は目を見開いた。

「ガ、ガイラス様。聞いて……いたのですね」

「すべて聞いていた。……お前達の罪は、王家として裁かねばならん」

言葉とは違い、ガイラス陛下は悲しげな瞳でサフィラ妃を見つめる。

その様子に、陛下には王妃への想いが強く残っているように感じた。

陛下が彼女に今まで向けて来た愛情の深さや、サフィラ妃との向き合い方については……何も知らぬ私では判断はできない。だから今は、二人のやり取りを黙って見守る。

「ガイラス様……わ、私は……愛されたかったの！　ただ、愛を求めただけなの！」

「っ……すまない」

「私はただ幸せになりたくて、誰かの特別になりたかっただけなのに……それが悪い事？　これはい、い、い、い、私の書いた物語なの！　完璧なこの話なら、私は今度こそ幸せになれるはずで——」

駄々をこねるようなサフィラ様だが、聞き逃せぬ言葉に眉を顰《ひそ》める。

『私の書いた物語』、という言葉の真意を問いかけようと顔を上げた瞬間。

突然、ブルーノ閣下が陛下とサフィラ妃の間に割って入り、彼女の首元を絞め上げたのだ。

「あ……あぐっ⁉　や、やめてっ‼」

「やはり、貴様には……奴の前世の記憶があるのだな」

閣下の表情は、今まで見た事がないほど憎悪に満ちていた。

「ブルーノ閣下！　何をしているのですか――!?」

「やめよ！　ブルーノ！」

驚きで一拍遅れて、私とガイラス陛下が制止の声を上げた。

「死んで償え。彼女が受けた屈辱の報いを晴らすため……私はここまで来たのだ」

しかしブルーノ閣下は私達の声など聞こえていないかのように、サフィラ妃の喉元を絞め上げ続けている。

さらに閣下は、片手で腰に差していた短剣の鞘を払うと、その切っ先を彼女へ向けた。

ヴォルフ様が制止するために動き出すが、時は間に合わず……

「ひっ、や――」

サフィラ妃が目を見開き、怯えの声を上げる。

ブルーノ閣下は一切のためらいもなく、短剣を勢いよく振り下ろした。

――その瞬間。私は訳も分からぬまま体だけが動いていた。

全ては、ブルーノ閣下を止めるために。

「……なっ!?」

「閣下……駄目ですよ」

一瞬、熱さのような痛みが肌を過ぎ、血がぼたぼたと床に落ちる。

気が付けば、私はブルーノ閣下とサフィラ妃の間に割り込んでいた。

短剣は私の肩に食い込み、流れる血が床にしたたり落ちる。

その様子を見てか、短剣を握るブルーノ閣下の目にじわじわと正気が戻ってくるのが分かった。

当然、閣下は私の行動が信じられないと言うように叫んだ。

「ア……アーシア嬢!?　なぜだ！　なぜ……嬢が止める！」

「……殺しては、いけません」

「嬢。私は……この女を殺さねばならぬ。彼女の恨みを……ここで晴らさねば！」

「閣下、私は真実を、明らかにしたいのです」

痛いけれど、それでも必死に意識を保って言葉を紡ぐ。

ここでサフィラ様が死ねば、それで全てが終わる。終わってしまう。

彼女の動機など何も知らずに、ただ命を捨てることで終わるなんて許せない！

「王妃だけが、こんな形で幕引きなんて許せ……ません。彼女の罪は正当に裁かれるべき、です」

じわじわと痛みが広がっていくにつれて、私は床にへたり込んだ。

もし、もう一度ブルーノ閣下がその刃をサフィラ妃へ振るえば、止めることは出来ないだろう。

そう思いながら見上げると、閣下は動揺した表情で私を見つめたまま静止する。

「……っ！」

「お願いします……閣下。私のためにも……やめて。お願いだから」

——カラン。

軽い音が鳴って、短剣が地面に落ちる。

そして、ブルーノ閣下は泣きそうな顔になって、私の肩を押さえた。

「分かった……もう話すな。すまない、嬢の身体に傷をつけてしまった……すぐに手当てを！」

ブルーノ閣下の言葉に反応するように、ヴォルフ様が駆け寄ってくれる。

「無事か、アーシア！　すぐに止血する、ジッとしていろ！」

ヴォルフ様は仕事柄慣れているのか、自らのシャツを破り、手際よく止血処置を施してくれた。

おかげで少し楽になり、私は力を振り絞って身を起こす。

「アーシア、まだ安静にしてい……」

「大丈夫ですよ。……私にはまだ、やる事がありますから」

支えてくれながら涙を流すブルーノ閣下には、後で必ず事情を聞く。

でも今は、最後にやり残した事を遂げるため……未だ怯えている王妃に視線を向けた。

「サフィラ妃。貴方がレジェスとの子を宿しているのは……事実ですね？」

「っ!!」

「命を救われた恩を感じてくれるなら、できれば早めに……真実を答えてくれると助かります」

痛みが酷く、血を多く流したせいで意識がもうろうとする。

だから、さっさと罪を認めて……私の目的はそこで終わりだから。

サフィラ妃は視線をさまよわせ、ぎゅっと自分の身体を抱きしめた。

「わ、私は。愛されもしない環境で、ずっと孤独に過ごす日々なんて考えたくなかったの。特別な愛が欲しかったの。寂しさを失くしてくれるような愛が……」

「サフィラ……余は……お前を愛していたはずだ」

「愛していた？　側妃へとその愛を移しながらそんなことを言うの？　私はガイラス様に囚われて、愛されぬまま、萎《しお》れていくだけだった。そんな状況に、愛なんて――」

ガイラス陛下とサフィラ妃は、涙を流しながらそんな言葉を繰り返す。

あぁ、私がいま求めている答えは、それじゃない。

今は早く終わらせたいんだ。

「……私が聞きたいのは、それじゃない」

「うっ!?」

私は痛みを押し殺して、サフィラ妃の襟首を掴み、無理やり引き上げた。

「もう一度聞くわ。その身に宿すのは、レジェスとの子なのよね？」

「わ、私は……」

「貴方の感情なんて関係ない。犯した行為のみが、貴方の処遇を決めるの」

「わ、私は……被害者で……」

「ええ、きっと貴方は……ガイラス陛下とすれ違った被害者なのでしょう」

そう言って、サフィラ妃と同様に、ガイラス陛下も睨みつける。

今はここにいないウーグの言葉があって、陛下の事情は分かった。しかし、陛下が彼女と向きあわず、話し合ってこなかったから、全てのツケを私達が払わされているのだ。

その怒りが痛みと共に、全てこぼれ落ちた。

「ずっと、イライラしていました。王妃殿下にも……ガイラス陛下にも」

「じ、嬢！　落ち着け！」

ブルーノ閣下が慌てるが、私は気にせず言葉を続けた。

「言わせてください。ガイラス陛下！　貴方が王妃に余命の事も告げず、全て自分で背負い込んで身体を追い込んだ事を、優しさだとでも思っていますか？」

ガイラス陛下の気まずそうな表情にさらに怒りが湧く。

この際だから、全部言わせてもらおう。

「そんなの優しさじゃない！　何も言わぬ事は相手からの理解を諦めただけです！　王妃を信じて、不幸も一緒に抱えてもらうべきです！」

「っ……」

ガイラス陛下に言いたいことを告げ、視線をサフィラ妃へと切り返す。

彼女は動揺した様子で、私へと縋り寄るように手を伸ばす。

「ガイラス様の……よ、余命って何よ。アーシア」

「それは自分で聞きなさい。私には関係ない」

「何、それ……どうして私には何も教えてくれないの。どうして……」

「私は貴方の気持ちは知らない。けど、そこまで愛されたいと望み……妃というしがらみが貴方自身を傷つけたのは理解できる。でも王家に嫁いだ時点で、不義だけは犯してはならなかったの」

それが、王家に嫁いだ身としての責務だ。

サフィラ妃もそれが分かっているのか、罰が悪そうに黙り込むが、私は言葉を続ける。

「貴方自身が不幸だと嘆くのは勝手です。ですが、貴方の身勝手が原因で幼いディノ殿下まで犠牲になりかけた。自らが子を宿したなら……テセア側妃の気持ちも分かるはずでしょう？」

視線を泳がせるサフィラ妃のお腹に、優しく触れる。

これだけ言ったのは、ここに宿る子のためでもあった。

「サフィラ妃……この子を守りたいなら。正直に告げて」

「この子を……守る？」

「貴方が子を産んで罪が確定してしまったら、その子は一生を迫害されて生きる事になる」

「……それは」

「でも、今レジェスとの不義を認めれば……お腹の子が別の国──貴方の罪を誰も知らない場所で生きていく道ぐらいは、準備する時間はあるはずです」

レジェスが堕胎薬を持ってきた時のサフィラ妃は本当に傷ついたように見えた。

それが、自らを害する可能性があったと分かった時だけじゃない。

彼女は、きちんと自分の子を愛していると感じたのだ。

「サフィラ妃殿下……どうかこの子の物語を、優先してあげて」

「わ………私は……」

「貴方が望む特別な愛。それを貴方が受け取れていなかったとしても、この子には与えてあげて」

酷なことを言っているとは分かっている。

だけど、お腹の子を護るのはこれぐらいしかない。

遠くなっていく意識の中で必死に投げかけた言葉に、サフィラ妃は自らのまだ薄い腹を見つめてから、静かに頷く。そして、意を決したように彼女はガイラス陛下へと言葉を告げた。

「疑惑の通り、レジェスと身体の関係を持っております。彼と逢瀬を過ごした夜に避妊薬を使いませんでした。私の犯した罪をお裁きください。けれど、どうぞこの子だけは――」

そう言って、サフィラ妃が跪く。

頭を床に擦り付けるように、しかし、腹を庇うその姿にガイラス陛下が息を呑む。

私は、再び陛下を睨みつけた。

「ガイラス陛下。分かっていますね」

「あ、アーシア……余は、余が間違って」

「今は、貴方が王として責務を果たし、王妃の罪を決める時です」

「……分かった。レジェスとサフィラを………ウーグの共犯とみなし、王家への反逆罪に問う」

陛下が声を絞り出す。

その言葉に目の前が明るく点滅した。まるで私の目的を達成した事を告げる福音だ。

彼らの罪が定まり、私は晴れて自由となる。

『禁じられた愛』との因縁は……ようやく終わった。

そう思う安心感から、どっと力が抜けていく。

……あれ、立てな……い？

「嬢！」

血を、多く流しすぎてしまったのだろう。

ブルーノ閣下の呼ぶ声を聞きながら、私の意識は、どこか遠くへと落ちていった。

第十章　私が紡ぐ物語

『……さん』

誰かが私の名を……呼んでいる？

一体、誰が。

『起きてますか？　――さん』

「は、い」

聞こえてきた声に反射的に返事をしながら、目を開く。

それからいつものように、寝台の横に置いてある小さなデスクライトのスイッチを付けた。

ぱちん、と目の前が明るくなるのと同時に、声の方に頭を向けると黒髪の女性がいるのが見えた。

ベッドに寝かされているその女性は、私を気づかわしげに見つめている。

寝起きのせいか、彼女と同じく私もベッドに寝ている状況に混乱して視線を迷わせる。

彼女は誰だっけ？　それに私は――

そう思っているうちに、私の口は自然と動いた。

『呼びましたか？』

私の声に、女性はハッとした表情になって、すまなそうに微笑んだ。

『起こしてしまいましたか？』

『いえ、先生が起きたなら……話をしたかったので、ちょうどいいです』

勝手に口が動いて、私はやがて状況を悟る。ここは二人部屋の病室で、私は彼女と同室の仲だ。

声をかけていた彼女はどうやら小説家らしい。ネットで検索すればいくつかの本が出てくるぐらいには有名な人なのだけど、事故により身体の自由を失い、長い入院生活を送っている。

それに薬の副作用により日中はほぼ眠っており、たまに起きても一、二時間もすれば眠ってしまう。そんな身体なのに、最後に一冊出したいと代筆を頼んでいる——と、以前に聞いた話を思い出す。

『それで先生、今日は何を話してくれるんですか？』

『私は、小説家になったキッカケを』

『じゃあ私は……そうだ、同じ刑事の後輩について話をしますね』

私達は寝台に横になりながら、それからしばらくゆっくりと話した。

……思い出してきた気がする。

こうしてお互い起きている時間、相手が興味のある話題を提供する。

退屈な入院時間のわずかな癒し。これが、二人だけの秘密の時間だった。

『――さん……今日もお話を聞かせてくれてありがとうございます』

『いえ、私も退屈せずに済むので嬉しいです。先生』

不思議と記憶がおぼろげだったけれど、その日も楽しい時間を過ごせた。

先生は身体の事情、痛み止めの薬の副作用などで、再び眠気に襲われているようだ。

話の終わりを感じ取り、私は最後に気になっていた事を尋ねた。

『先生はどうしてそんな身体で、代筆を頼んでまで作品を作るのですか？』

先生は枕に身体を預け、うつらうつらとしながらも答えてくれた。

『…………こんな身体になったからって、諦めるのは悔しいじゃないですか』

『悔しい？』

『はい。私の作品を待ってくれている人が……少ないながらいるんです。そんな人達に、もう動けないから作品を出せないなんて、辛くて悔しいじゃないですか』

先生は落ちかけた瞼を開いて、真剣な表情で前を見据えた。

『だから、せめて最後に……誰かの人生を変えるような、想いを込めた作品を作りたいの』

驚くほどにまっすぐ伝えられて、用意していた「無理をしないでください」という言葉を呑み込んでしまう。私はほんのりと笑みを浮かべて、彼女の方を向いた。

『それを聞いたら、私も先生の作品を待つファンになっちゃいましたよ』

『ふふ、じゃあ。小説が出たら買ってくれるかしら？』

『もちろんです。過去作も読みます。新作、ずっと待ってますよ……先生』

最近は本をあまり読まなくなっていたけれど、先生の作品は必ず読もう。

今からこんなにも、楽しみなのだから――……

◇◇◇

「っ!!」

ハッと目を開けば、寝台近くでランプの明かりが揺れていた。

周囲を見回すと、どうやら王宮の医務室で寝かされていたようだ。

先程とまるで違う光景に、私は夢を見ていたのだと気付いた。

今見ていた夢は、前世の記憶だ。そして、話していた相手……彼女の名を私は知っている。

『禁じられた愛』の作者だ。私は彼女と前世で出会っていた。

脳裏に鮮明に蘇った記憶に驚いていると、私の手を誰かが握っていた。

なんとなく手を引くと、眠りかけていた彼はハッと目を見開いた。

「アーシアッ!!　起きたのか!?」

「ヴォルフ様？」

確か彼に止血されて、サフィラを説得して……その後は？

意識の途切れた先のことを聞けば、血を流した私は数日意識を失っていたと告げられて驚く。

「……無事でよかった、本当に」

ヴォルフ様にそうしみじみと言われて、私は俯いた。まさかそんなに心配をかけてしまうとは。

「レジェスや、サフィラ様は？」

「捕らえられ、直に査問会で罪が決まる。とはいえ処罰は決まり切っている」

ヴォルフ様が言い切るように、二人は極刑。それ以外はあり得ないのだろう。

禁忌に近い重罪を犯してしまったのだ、そう遠くない未来に贖罪する必要がある。

彼らの動向は、後に嫌でも知る事になるのだろう。

だから、今は考えないようにしよう。

教えてくださりありがとうございます、と言いつつ、私はハッとした。

「そういえばあの時……勢いで陛下にかなり不敬な発言をしてしまいました。謝罪を――」

あれが本音でないとは言わない。ただ、あまりにもあまりな発言だったことは確かだ。

私が慌てて立ち上がろうと身を起こすと、ヴォルフ様に肩を押さえられてしまう。

それから彼は首を横に振って、小さく苦笑した。

「いや……むしろ感謝していた。アーシアの言う通りだと」

……ならよかった、のだろうか？　いずれ会った際には謝罪をさせていただこう……

そう思っていると、ヴォルフ様が私を見つめて、首を傾げた。

「傷、まだ痛むか？」

そう言われて、ゆっくりと腕を横に動かしてみる。

ずきりとした痛みが走って、慌てて元の位置に戻し、苦笑した。

「少しだけ。……傷痕、残っちゃいますかね？」

「いや、きっと大丈夫だ」

右手でそっと閣下の短剣を受け止めた部分に触れてみる。我ながら無茶をしたものだ。

だが、これで王妃とレジェスの罪は確定し、私はついに自由の身となった。

そう思えば、この傷も悪いものには思えなくて、私はふふっと笑みをこぼした。

「やっと自由になれました」

ヴォルフ様は私の言葉に一瞬目を見開いて、それから細く息を吐き出して肩をすくめた。

「あぁ、全部終わった。もう……君の好きに生きていけばいい」

「とりあえず今は、傷口が開かないように安静にしときます」

「ああ。無理はしないようにな」

そんな会話をしていると、そっと音を立てずに医務室の扉が開いた。

「ア、アーシア！　起きたのか！」

私を見て驚いたブルーノ閣下が、即座に部屋に滑り込んで頭を地面に打ち付ける。

見事なほどに華麗な、渾身の土下座だった。

「すまなかった！　アーシア嬢！」

「ブ、ブルーノ閣下……」

「心から謝罪する。その傷は、全て私のせいだ」

そう言われて、私は苦笑しつつ再び自分の肩に触れる。

「そうですね。閣下……私は初めて、貴方に怒っております」

「す、すまない」

いつもの冷静で楽観的な閣下とはまるで違う。

それほど、私に対して申し訳ないと思ってくれているのだろう。

でも、私が怒っているのは怪我の件じゃない。

「私が怒っているのは、何かを知っていながら。教えてくれなかった事です」

「っ……」

その言葉にブルーノ閣下が俯く。

私はシュイク様が言っていた意味深な言葉、先ほどまで見ていた夢、そして今まであったことを思い返しながら、閣下へと尋ねた。

「傷の事はいいです、でも一つだけ聞かせてください。サフィラ様をあれほどまでに憎んだのは……奥様を想ってのことですか？」

「な、なぜ……それを」

顔を上げて驚くブルーノ閣下に微笑みつつ、私は最後の推理を告げた。

「シュイク様と閣下が医学本に関わっていることは分かりました。しかし……閣下は王妃の不義についていては、私から聞いた際は本気で憤慨していました。事情を知っていてあの演技ができたと思えません。つまり、私が動き出すまでは『物語』について何も知らなかったのではないですか？」

「それで私の妻に行きつくとは思えんが……」

彼の疑問も当然だ。ヴォルフ様も頷いている。

私は推理の経緯を説明するため、ブルーノ閣下に空いていた椅子を進めた。

「日本語が書かれた医学本を見つけた時、疑問に思ったことがあります。これを書いた人物はなぜ私達に直接接触しないのか。本来、遠回しに本に書かず、口頭で伝えればいい話ですよね？」

「確かに、そうだが……」

「つまり、考えられる理由として、直接伝えられなかった事情があったと思ったのです」

私の言葉を聞いて、傍で黙っていたヴォルフ様もハッとして頷く。

もちろん、考えられる可能性はいくつかあった。ただ、以前にシュイク様が話していたブルーノ閣下の奥様についてと、閣下が『物語』について知っていることで納得のいく答えが浮かぶ。

「だから、閣下の奥様こそが、前世の記憶を持つ方だと答えが出ました」

「そうか……シュイクから、事情を聞いていたのか」

「ええ、閣下の奥様は……事故で身体が動かなくなっていらっしゃるとお聞きしております。奥様は、私達に直接接触できなかったために医学本に日本語のメッセージを残したのです。本を置くことは、誰にでも頼めますからね」

そこまでしゃべってブルーノ閣下を見れば、彼はゆっくりと頷いた。

「理由はまだ分かりませんが、閣下の奥様は私達に前世の記憶があると可能性を感じていた。だから医学本に日本語を書いて、私達が前世の記憶を持っているか試した。加えて王妃やレジェス達に読まれても警戒されぬための策でもあったのではないでしょうか」

医学本を受け取った私は、離婚という『禁じられた愛』と違う行動をとった。

それを知った奥様は私が前世の記憶を持つと確信して、閣下達に事情を話したのだろう。

閣下やシュイク様は恐らく当初は何も知らず、奥様から医学本を置く事だけを頼まれていた。

――となれば、閣下の王妃が不義を犯したと知った際、あの迫真の怒りにも納得がいく。

「どうでしょう？　閣下、当たっていますか？」

「……流石だなアーシア嬢。半分以上は、当たっている」

「半分？」

戸惑いの言葉を漏らせば、閣下は微笑んだ。

「事情は少し複雑だ。だから私が説明するよりも、実際に妻と会って話してほしい」

閣下は膝を落として私とヴォルフ様を見つめる。

そして、頭を下げた。

「君達を巻き込んだ事への謝罪と共に……全てを説明させてほしい」

その言葉に、私とヴォルフ様はためらいなく頷いた。

「教えてください。ブルーノ閣下達が……何をしていたのかを」

「それでは怪我が治り次第、王都にある私の屋敷へ来てくれ。そこで全てを話そう」

私とヴォルフ様を突き動かしていた医学本。

その真実を、ようやく知る時がきた。

◇◇◇

十日後、痛み止めを飲んだ私はヴォルフ様と共にブルーノ閣下の屋敷へと向かった。

話はきちんと伝わっていたようで、すぐに屋敷に通される。

閣下が一番奥まった部屋へと私達を案内した先に、その人はいた。

「はじめまして、アーシアさん。ヴォルフさん」

どこか聞き覚えのある、鈴のような声。

歳を重ねても美しさを保つその女性は、ブルーノ閣下に支えられて、ベッドの上で上半身を起こしていた。

「ブルーノの妻、ルーシェです。前世での名前は――と言えば、分かるかしら」

その名を聞いて、私とヴォルフ様は驚きで声が出せなかった。

なにせ告げられた前世の名というのが、あの『禁じられた愛』の作者名だったのだから。

そんな私達を見て、ルーシェ様は微笑み、ゆっくりと頭を下げる。

「まずは、貴方達を巻き込んだことを謝罪いたします。本当にごめんなさい」

一見上品なおばあちゃんといった印象だが、目に宿っている光は強く、所作は気品に溢れている。

私とヴォルフ様は慌てて首を横に振った。

「ルーシェ様。謝罪など必要ございません。私達は真実を知りたいだけです」

その言葉にルーシェ様は「そうね。順番に話していくわ」と微笑んでゆっくりと話し始めた。

彼女は、前世では小説家として過ごしていた。

今と同じく身体を動かせぬ身でありながら、最後の一作を作るために代筆を頼んだ。

そこまでは私が見た夢の中と同じだった。

しかし、先生の書いた物語は……その代筆者が改ざんし、歪んだ『禁じられた愛』が世に出たというのだ。

まさかの事実に目を瞠《みは》ると、ルーシェ様は暗い眼差しになって俯いた。

「私は、最後の一作に込めた想いが全て消えてしまい……死を選んでしまったの」

前世で自死を選んだ後、この世界では馬車の横転事故を機に前世の記憶を取り戻したという。

「すぐに、この世界があの物語の中だと分かったわ。周囲の名前が私の考えた通りだもの」

しかし、記憶が戻っても、ルーシェ様はその事を誰にも言わなかった。

事故により頭を打ったばかりで、乱心したと思われて信じてもらえないと判断したのだ。

そんな中で、彼女はこの世界がどちらの物語なのか気になったという。

「この世界が、私が没にした物語と、改ざんされた物語……どちらなのか知りたかった。ブルーノや息子達にも関わる事だから……改ざんされた物語である運命は避けたかったの」

確かに、改ざんされた『禁じられた愛』通りにウーグの計画が達成されていれば、ブルーノ閣下達の未来も、決して明るくなかったはずだ。

「ルーシェ様も私達と同じく、最悪の未来を避けるために動いていたのですね」

「えぇ……代筆者が改ざんした物語では、多くが犠牲になっていましたから」

順番でいえばルーシェ様はまず、日本語を書いた医学本をブルーノ閣下に私達の前に届けさせた。

没になった物語では、私達が前世の記憶を持つ設定があったらしく、それに賭けて王妃の不義が明らかにできるように仕向けたと……

どうやら私達はルーシェ様の読み通り、前世の記憶を思い出して動き始められた訳だ。

前世の記憶が先生の物語通りだったと聞いて、私とヴォルフ様は目を見合わせる。

「禁じられた愛で私達は悪役でしたが……先生の物語では主人公だったなんて」

「俺もまさか、この前世の記憶が物語通りだとは……」

ヴォルフ様と話していれば、ルーシェ様はくすりと微笑んだ。

「ええ。没だった物語通り、貴方達はいい相棒になって殿下達を救ってくれたわね」

ちなみにウーグ大臣が仕組んだ毒物や避妊薬についても、元は没にしていた物語で構想していた設定らしい。だから同じ毒物、方法が用いられる可能性を鑑みて、本に折り目を付けたという。

こうして物語は、先生の書いた物語に沿って進んでいったのだ。

そこで、ブルーノ閣下がおほんと咳払いをした。

「ここからは、私が説明しよう。アーシア嬢が離婚し、レジェスが王妃との不義を行っていると明かしてくれた後、私とシュイクは……ルーシェから全てを聞いた」

その際にルーシェ様からこの世界が、前世で書いた物語である事を知ったという。

そして、彼女と同じく最悪の未来を回避するために動き出したそうだ。

「半信半疑だったが、妻の言う通りにアーシア嬢が陛下を説得した事で確信した」

「あれは、物語通りだったのですね。ルーシェ様」

「ふふ、私の想像を超えていましたけどね……恋文や避妊薬をあんなに活用するとは思わなかったわ」

どうやら、私の行動が完全に物語通りになっていた、という訳ではないらしい。

「陛下の元へ医学本を置いたのは、シュイクだ」

陛下に届いた医学本が日本語ではなかったのはシュイク様が書いていたからだろう。

全てはルーシェ様の描いた物語通りの結末へ導くため。

「アーシアさん達は……見事にディノ殿下を救ってくれて、ウーグの罪を明らかにしてくれましたね。おかげで運命は完全に私の物語へと定まったわ」

「ルーシェ様……あの医学本のおかげです」

ここまで来られたのは、紛れもなくあの医学本があってこそだ。

そう思って答えた時、ヴォルフ様が疑問を漏らした。

「聞きたい事があります。殿下に盛られた毒についてはなぜ、正確に書かなかったのですか？」

確かに。使われた毒物については折り目のついたページに記述があったが、気付かなければディノ殿下は死んでいた。そうなれば一気に物語は改ざんされた『禁じられた愛』へと傾いただろう。

遠回しなメッセージではなく直接書いても良かったはずという質問に、ルーシェ様は答えた。

「貴方達以外にも、前世の記憶を持つ者がいると私は警戒していたの」

「それは……どうして？」

「私が書いた物語にも、改ざんされた物語にもない設定が……この世界にあったからよ」

『禁じられた愛』に書かれていない設定と聞いて、私はあっと呟く。

「ヴォルフ様。私がレジェスに虐《しいた》げられていた事は、『禁じられた愛』では書かれていません」

「そうか、確かに……」

思えば、前世の記憶を思い出した最初に、疑問を感じていたことだ。

私が虐《しいた》げられていたのは、王妃の頼みもあって意図的にレジェスが行っていた事だった。

しかし、『禁じられた愛』では私は純粋な悪女であり、虐《しいた》げられていた設定などなかったはずだ。

だからこそ、物語の中で私は反撃もせず、悪女として死んだのだ。

私の導いた答えに、ルーシェ様は頷いた。

「その通りです。私は前世を思い出してからアーシアさんの事を調べました、すると何故か貴方は設定にない酷い仕打ちを受けていた。だから私は王妃側にも前世の記憶を持つ者がいて、この物語を独自に変えていると思ったの」

「それで、殿下に盛られた毒も変わっている可能性を警戒したのですね……」

「ええ、殿下を殺す毒について明確に書かなかったのは、前世の記憶を持つ者が殺す方法を変更すれば、逆に惑わされてしまうと警戒してのこと。杞憂に終わったけれどね」

確かに策を講じられた上で余計な情報があれば、殿下を救えなかったかもしれない。

納得していると、ブルーノ閣下が口を開いた。

「そして私は王妃が前世の記憶を持っていると仮定して、レジェスの元へ医学本を置いた」

「そこで堕胎薬を持って行くと同時に……私を虐《しいた》げていた元凶と接触したのですね」

「あぁ、そしてサフィラの発言を聞き、奴が前世の記憶を持つと確信した」

なるほど……これでようやく、謎が紐解けた。

『これは私の書いた物語なの！』とサフィラは言っていた。

それはつまり、彼女こそが改ざんした代筆者の記憶を持っている供述でもあったのだ。

「これが……今までの経緯であり、医学本の真実だ。アーシア嬢」

深い因縁を持ち、記憶を持った者達が最悪の運命を避けるため動き回った中。

奇《く》しくも原作者が、代筆者へと一矢報いたのだ。

真実を教えてくださった二人にお礼を告げようとした時、ふとルーシェ様の手が私の手に触れた。

どうしたのだろう。首をかしげると、彼女は私に向かって微笑んだ。

「もう一つだけ言わないといけないことがあるの」

「なんでしょうか」

優しく手を握られて、私はルーシェ様と視線を合わせると、彼女は柔らかく微笑んだ。

「――私が前世で完成させた物語の中で、本来貴方は私達の娘だったのよ。アーシア」

「…………え？」

予想もしなかった言葉に息を呑む。

咄嗟にブルーノ閣下に視線を送ると、冗談でもないという表情で頷きが返ってきた。

「閣下が私を養子に取ると何度もおっしゃっていたのはまさか……」

私の言葉に、ブルーノ閣下が肩をすくめる。

ルーシェ様も眼のふちを赤くしながら微笑んだ。

「そう。私もブルーノも。どうしても貴方が他人とは思えないの。この世界が完成した物語だったなら。娘であったはずの貴方に辛い想いなどさせなかったのに」

ブルーノ閣下は、よく私を娘のようだと言ってくれていた意味が、少し分かった気がする。

完成された物語では、私の両親は彼らであったのだというのだから。

「本来なら完成していた物語では、皆が違う結末を迎えていたの。でも……この世界では、全てがねじ曲がって、もう取り返しがつかないこともあった」

ルーシェ様は前世を思い出して涙をこぼす。

自分が伝えたかった想いが消されるなど、どれほど辛かっただろう。

想像もできないが、悲泣の声を漏らすルーシェ様の姿に胸が痛む。

彼女は少女のようにぽろぽろとベッドに涙を落とした。

「ほ、本当は……みんなが前を向いて、救われるはずだったの」

『――せめて最後に……誰かの人生を変えるような、想いを込めた作品を作りたいの』

涙を流しているルーシェ様の言葉に、前世で先生が言った事を思い出した。

そして、ハッとする。

――今の私なら、ルーシェ様の悲願を叶えられるはずだ。

私は涙を流すルーシェ様の隣に置かれた椅子に座り、ブルーノ閣下へと視線を投げた。

「ブルーノ閣下、ありったけの紙と……インクやペンを持ってきてください」

「……な？　何をする気だ」

「お願いします。奥様の願いを叶えてみせますから」

「……わ、分かった！」

慌てて駆けていくブルーノ閣下を見て、ヴォルフ様が首を傾げた。

「ア、アーシア。何をする気だ……」

「決まっています……物語を書くのですよ、ヴォルフ様」

「え？」

ルーシェ様が前世で味わった絶望は、きっと永遠に消えない。

でも彼女の苦しみを解放することが、私ならできるはずだ。

きっとこのために私は、この世界で小説を書いていたのかもしれない。

先生のように完全な物書きとは言えないだろう。

でも……前世の私は、先生の物語を待っていたファンの一人だった。

だからこそ私は……先生の物語を書いて、読みたいのだ。

ルーシェ様は呆然としており、私はその頬に流れる涙をそっと指で拭って、彼女の両手を握る。

「ルーシェ様……いえ、――先生。私が貴方の物語を、今度こそ書いてみせます」

「ア、アーシア……さん？」

「だから今度こそ。この世界で先生の完成した物語を届けましょう。何より先生のファンだった私に……教えてほしいのです。貴方の伝えたかった想いを」

この世界の私は物書きだ。

改ざんされた物語、完成した物語。そのどれにもないであろう、私が作りあげた独自設定。

私がこの世界でお金を稼ぐために小説を書く選択をしたのはきっと、先生を救うためだったのかもしれない。

「私に書かせてください。私はずっと……貴方の物語を楽しみに待っていましたから」

ルーシェ様の苦しみを晴らす。

それこそが、私がこの世界で筆を握った宿命だと思えた。

彼女は私の想いを汲み取って、頷いてくれる。

「書いてくれますか？　愛を求めたあの子が……幸せになれるはずの物語を」

そして、先生は物語を語り始める。

前世を思い出したあの日から、この日までの運命は繋がり……再び物語が紡がれ始めた。

これは誰の物語・終　（サフィラ side）

前世の私を、両親や友達は綺麗だと言ってくれた。

中高生の頃は男子からの告白なんて日常茶飯事で、断るのが大変なぐらいだった。

育っていく過程で自然と知った……私の可愛さは特別なのだと。

そんな私は、二十五の歳に結婚を決める。

「僕と結婚してほしい！」

指輪と共に受けたプロポーズは今も記憶に残っている。

相手は若くして社長になった人で……私も大好きだった。彼は私を愛してくれて、将来の不安はなく、幸せは最高潮。彼はずっと私を特別に愛してくれる……私だけの傍にいてくれる。

そう思っていたのに……

「ごめん。最近忙しくて、相手ができないんだ」

「どうして……私を愛しているなら。旅行ぐらい連れて行ってよ」

「無理言うなよ。君が安心して暮らせるように……仕事を頑張っているんだろ？」

彼が仕事を頑張っているというなら、私だって頑張っている。

ジムやエステに通って美しさを維持し、どんな時だって綺麗に着飾るようにしている。

彼が誇れる妻になれるよう努力してきたのに、望む愛をくれないのは不公平ではないの？

「ごめん……休みがとれなくて」という言葉は「時間がないんだ。後にしてくれ」となり、いくら誘っても彼との時間は減るばかりだった。

徐々にその愛が離れていく感覚に襲われて、寂しかった……辛かった。ずっとこんな日々が続くのかと思うと、孤独感で押し潰されそうだった。

だから……

「いいの？　旦那さんがいるのに？」

「私は努力をしているのに愛されないなんて、鳥籠の中の鳥と一緒よ。私だって愛される権利があるの」

その寂しさを埋めるように男性を自宅に連れ込んだ。

仕事で忙しい旦那に見つからぬよう、何度も、何度も逢瀬を重ねるうち、私は油断した。

男性と過ごす最中、彼に見つかったのだ。情事を見られて言い逃れもできなかった。

「何……してるんだよ」

「……出て行ってくれ。顔も見たくない」

「さ、寂しかったの。私は貴方を」

「出て行ってくれ！」

叫んだ彼の顔は、今でも忘れられない。

怒りで叫ぶ彼には、もう優しかった頃の面影はなかった。

だけど出て行けという彼の顔が涙にまみれていたのが、記憶から消えてくれない。

——そして、異世界にやってきた今でも、私は彼の表情の意味が分からないままだった。

◇◇◇

「っ!!」

お腹が内側から蹴られた衝撃で、前世の記憶から現実に引き戻される。

出産予定の日が、あと二か月というところまで迫っていた。

「大きく、なってきた」

そっとお腹に触れる私の手に、鎖はかかっていない。鍵のかかった部屋に拘束されてはいるものの、妊婦であるということから、それ以上の拘束は免れたのだ。

とはいえ、もはやレジェスとも、陛下とも話せなくなった生活はとても孤独で寂しい。

そんな日々の中、大きくなっていくお腹だけが愛おしかった。

「サフィラ殿。不要にお腹に触れるのはおやめください」

「……分かってるわよ」

監視する騎士はもう、私の事を王妃と呼びはしない。

今の私は、王家を裏切った女だ。国家転覆を目論んだウーグの共犯であり、極刑を待つ罪人となった私を敬う者などもうどこにもいなかった。

「次に無断で触れた場合、行動を制限させていただきます」

「分かってる、何度も言わないで。分かっているから……」

私は重罪人ではあるが、お腹の子が陛下の子である可能性が残されている。

だからこそ、この子の出産を許されているし、私がお腹の子に何かをするのではないかと彼らは疑っているのだ。

あと二ヶ月——

そう思って、私はふと彼らに聞いた。

「あの、聞いていい？　レジェスや、ウーグはどうなったの？」

すると、私を睨みつけていた騎士が表情を固くする。

「……知りたいのですか」

「ええ、二人は……もう、処刑されたの？」

そう言った私を、騎士は馬鹿にするように笑った。

「聞きたいですか？　本当に彼らの事を」

「え？」

「身に子を宿す貴方と違い、悲惨な末路をたどった二人について……教えてあげましょう」

私の返答を聞く前に、騎士は意気揚々と言葉を続けていく。

「まず、ウーグの食事には毒が盛られておりました。死なぬように管理され、毒のせいで全身に痛みが幾日も走るようにと……彼はろくに寝れぬ苦しみを味わっていたそうです」

「……」

想像しただけで吐き気がして、壁に手をつく。騎士はそんな私を見て、淡々と言葉を続けた。

「次に、レジェスですが、彼は民の前にその罪と姿を晒《さら》されました。近衛騎士団長の落ちぶれた姿には罵声が飛び交いました。そんな彼は……その苦しみから逃げるためか、精神が壊れたのか……

アーシア様の名を呼び続けておりました」

——私の名ではなく、アーシアを？

その事に胸が痛むと同時に、おぞましい画が脳内に浮かんで涙がこぼれ落ちそうになる。

騎士はそんな私を睨みつける。

「王家に仇成した罪がどれだけ重いか、お分かりいただけましたか？」

「わ、私は悪くない……どうして、どうして私だけが責められるの」

私はただ……ガイラス様がくれなかった愛を求めていただけだ。

愛される努力をしていた私を最初に裏切ったのは、側妃を娶《めと》ったガイラス様じゃない。

だけど騎士は私の気持ちなど聞かずに、舌打ちをする。

「レジェスは、かつては俺が剣を教えた騎士でした」

「そ、それが何？」

「彼は将来有望な騎士だったのに……貴方と会ってからおかしくなっていった」

まるで私を責めるような言葉に、目の前が真っ赤になる。

私のせいだなんて、ふざけないで！

レジェスは私を愛してくれていただけ、どんな結果になっても私のせいなはずない！

「違う、私は悪くない！　こんな結果になったのは……ガイラス様や、アーシアのせいなの……！」

そう叫ぶと、騎士は呆れたように鼻で笑い、一転して表情を消した。

「別に貴方を説得する気などない。何を言っても……俺の教えたレジェスは帰ってこないのだから」

呟いた騎士は、空虚な表情を浮かべてため息を吐く。

そして、彼のセリフが全て過去形である事に今更ながら気付いた。

「ねぇ……レジェスは帰ってこないって、まさか……」

「お祭しの通り。すでに……刑は執行された」

レジェスは最後に私の名を絶叫して、人生を終えたという。

彼が叫んだ私の名には、何が込められたのだろう。

怒りか。それとも、彼の罪を確定させた……この身に宿る子供への怨嗟か。

聞く事さえ出来ずに死んでしまった彼に何を思えばいいのか。

扉の外へ向いてしまった騎士の背を見つつ、私は呟いた。

「私は……この子が居れば幸せになれると思っていたの。愛を求めて何が悪かったの？」


それから月日が経ち、またさらにお腹が膨らんだ。

膨らむお腹は、未来への希望だったはずだ。

私とこの子はきっと幸せになれると思っていたのに、今は真逆。

レジェス達の死を知ってから、膨らんでいくお腹は、自分に訪れる死の宣告にも思えてしまう。

お腹の子が無事に生まれてくれるのであれば、罪に問われても構わない。

そう思っていたはずなのに、近づく死が、怖くて仕方ない。

そんな中、部屋に誰かが訪れた。

「久しぶりね。サフィラ」

入ってきた姿に息を呑む。

「っ!!　アーシア……」

私の幸せな未来を奪った張本人であるアーシアの来訪に、思わず立ち上がった。

しかし、憤る私をあしらうように、彼女はさらりと手で制す。

「どうぞ落ち着いて。今日は届け物があるだけよ」

そう言って彼女が机に置いたのは、紙の束だった。

そこには文字が羅列されている。一部を手渡されて目を通すと、何かの物語のようだった。

「何よ、これ」

「貴方は――『先生』の代筆者だったのよね」

彼女が知っているはずのないことに目を瞠《みは》る。

「っ……なんで、それを知って」

しかしまた立ち上がりかけた私を制して、彼女は静かに微笑むだけだった。

「事情を説明する気はありません。でもこれは……先生が貴方に伝えたかった本当の物語よ」

本当の物語だって？

前世で私が削除したものを、どうしてアーシアが知って……

積もる疑問はある中、私はその紙に視線を落とし、促されるままにページをめくった。

主人公である王妃は子が生まれないために、側妃を娶《めと》られて、陛下からの愛を失った。

そんな中、王妃――サフィラは近衛騎士団長のレジェスに強く惹かれる。

だが当の彼は。王妃の友人である公爵家令嬢のアーシアを好いていた。彼女に振り向いてもらうため、レジェスは王家騎士団長のヴォルフと共に鍛錬に励んでいたのだ。

恋心すら叶わぬ事に嘆く王妃は、アーシアへと想いの全てを明かした。

陛下の愛を失い、鳥籠に囚われた悲しみを吐き出したのだ。

全てを聞いたアーシアは、自分の事を顧みて陛下と向き合えと告げた。王妃は彼女のまっすぐな言葉を聞き、改めて陛下について知ってみる事にした。

そして陛下の寿命が残り短いこと、そして残される王子や王妃のために必死になって政務に励んでいたと知る。

王妃自身が未熟だからこそ、陛下に負担をかけて、その貴重な時間を奪っていたのだ。

陛下を支える王妃だったならば、彼は全てを告げて、残りの余生を共に歩んでくれたはずだったのではないか。

それから王妃は、陛下に手を引かれるのではなく、共に手を取り合える女性になろうと励んだ。

陛下が真実を告げてくれるような、彼を支えられる王妃となると誓ったのだ。

そんな折、王妃は大臣のウーグが陛下の死を憂いて、殿下誘拐を企てている事を知る。

そこで王妃は、アーシアやヴォルフ、レジェスに協力を仰いで計画を止めた。

全てが終わった時、彼女は皆から認められる王妃になっていた。

陛下と王妃は心で通じ合い、共に国のために尽力し……残された時間を長く共に過ごした。

ウーグも処刑には至らず、変わった王妃の姿を見て、自戒と共に獄中から助言をする。

王妃と共に殿下を救ったレジェスは、英雄の一人として崇められた。

そして陛下の余命が尽きる時には、陛下はもう王妃を心配などしていなかった。

王妃には友がおり、陛下が居なくとも王国を任せられる程の信頼を得ていたのだから。

そんな王妃の身には、陛下との愛の証である念願の子が宿っており。

陛下は王妃に自身の愛を知ってもらえたと……安らかに眠った——


手が震える。これは、何？

読み終えて顔を上げると、アーシアが私を見下ろしていた。

「それが、先生が書こうとしていた……本来の物語です」

あり得ない……あり得ない！

陛下が私を愛していたなんて……どうしてそんな事があり得るの。

「こんなの……あり得ない。貴方達の妄想よ、こんな未来が来たはずがない！」

「私はただこれを持ってきただけ。一生、間違いを認めずに生きていたいなら……そうなさい」

アーシアは叫ぶ私を見つめると、そう言ってあっさりとこの部屋を出ていった。

その背中に、何も言い返せなかった。

違う。あり得ない……私が書き変えた、完璧なあの物語の方が正しかったはずだ。

私が誰よりも愛されて――苦しむことなんてないあの物語こそが！

「陛下は私を愛してなんていなかったはずなの。こんな未来は……あり得ない！」

そう思って呟いたのに……頭の中ではこんな未来が、本当にあったならと思ってしまうのだ。

認めたくない思いで、紙束を捨てようとした時、痛みがお腹に走った。

「ああっ！」

叫ぶと、衛兵達が駆け寄ってきた。陣痛が始まったのだ。伝令が走り、医師が呼ばれる。

しかし誰も私を励ましてくれはしなかった。淡々と処置が進み、痛みに叫び続ける。

途切れそうな意識の中で耐え続け、ようやく産声が聞こえた。

同時にひそやかな声がする。

「――瞳の色は、レジェスと同じです」

「確認した……連れて行け」

生理的な涙で滲んだ視界には、うまく赤ちゃんが映り込まない。

……私の赤ちゃんは、どこ？

「私の……子……抱っこさせて」

そう言って手をさまよわせるが、誰もその手を取ってくれない。

「え……ま、待って、どこにいくの」

かすれた意識で伸ばした手は届かない。産声に愛しさを感じるのに、その子に触れる事ができない。

「まって！　まって！　一度でもいいから、私の子を抱かせてよ！」

そう言って、引きつれたように痛む身体を無理やり起こすと、誰かの溜め息が聞こえた。

「この子は死産として扱われ、他国の貴族に秘密裏に育ててもらいます。この国の事情など知らずに生きていくのです」

「せめて……せめて触れるだけでも」

「もう貴方が関わってはいけません。この子の平穏な未来のためです」

そんな、私は……求めていた子供の身体すら、触れられないの？

苦しんだ先で愛し子を抱き上げる事も、できないなんて……

「いやだ……いや……おねがい、待って！」

出産の疲れで意識が途絶えそうな中で叫ぶが、赤子の泣き声が離れていく。

その時だった。

「…………抱かせてやれ」

聞こえたのは、聞き馴染みのあるガイラス様の声だった。

その言葉で、医者が赤ん坊を抱かせてくれた。

柔らかい。ほんのりと甘い匂いがする赤ちゃんは青い瞳で私を見つめている。

「私の……赤ちゃん……」

私の求めた幸せは完璧な物語通りなどとは程遠くて、全てが手からこぼれて落ちていった。

でも、最後に残した愛の証だけは確かに感じながら、私は意識を落とした。

◇◇◇

そして、出産を終えた私に、すぐに断罪の日が訪れた。向かうべき断頭台に上がると、恐ろしい程に大きな刃が設置されている。これで、レジェスも死んだのだろう。

地面に膝をつかされて上を見ると、空は皮肉なほど明るく、断頭台の刃が煌《きら》めいて見えた。

そこに声がかかる。

「サフィラ」

「っ!! ガイラス……様」

こんな場所で会いたくなかったのに、私の目の前にガイラス様が立つ。

悲しそうに私を見つめる姿に、前世で見た婚約者の顔が重なった。

……私なんて愛してくれなかったはずなのに。

私はそんな怒りから、彼を睨みつけて嗤《わら》う。

「は、はは。私を愛していなかったせいで、こうなったのよ……ガイラス様! 貴方が私の望む愛をくれなかったから、側妃を選んで寵愛していた貴方が悪いのよ!」

すると、ガイラス様は痛ましげに目を細めて首を横に振った。

「サフィラ。ウーグやレジェスが死んだことは、お前のせいでもある。ウーグはお前が妊娠していなければ、ディノを誘拐する計画だった。そうであれば……まだ終身刑で収まっていただろう」

『ウーグも処刑には至らず、変わった王妃の姿を見て、自戒と共に獄中から助言をする』

ガイラス様の言葉に、あの完成した物語の一文が、私の頭に浮かぶ。

――違う。違う……私の頭から消えろ、あんな未来はあり得なかったはずなのに！

「レジェスは有望な騎士だった。その剣が腐らずにいれば、きっと民が憧れる英雄になれたはずだ」

『王妃と共に殿下を救ったレジェスは、英雄の一人としても崇められていた』

違う！　あんな未来は訪れない！

鳥籠に囚われて愛されぬ王妃が幸せになるには、私が変えた物語が正しかったはずだ。

いやだ、私が正しいはずだ――私は悪くない！

そう叫ぼうとした時、陛下が私の頬に触れた。

「だがサフィラ。君にその選択をさせたのは、余のせいだ」

「え……」

しばらく嗅いでいなかった、新鮮な花の香りが鼻を突く。

視線を落とせば、ガイラス様は私に花束を差し出していた。

こんな場所に似つかわしくない、鮮やかな花が……今まで灰色だった光景を彩った。

「覚えているか？　若き頃に君とはよく花を見ていたな」

「なんで……覚えて……」

「忘れるはずがない。庭園の花を整えてもらっていたのは、君と二人で見た景色を……残しておきたかったからだ」

なんで……陛下は私への愛などなかったはず、そう思っていたのに。

彼の口から今になって真実が告げられる。

それは、あの完成した本当の物語通りで――

「サフィラ。君に心配をかけまいと、病弱な身で死が近い事を告げず。残された君とディノのために政務に励み、会えずに寂しい想いをさせてしまった」

「言わないで、ください。もう……もう言わないで」

「余は愚かな王だ。君と向き合わずに……孤独を味わわせてしまった、すまない」

「あ……ぁぁ……そんな、なんで今、言うのよ……私はずっと、ずっと愛されていないと」

「これだけは信じてほしい。余は……本当に君を愛していた」

――『陛下は、王妃に自身の愛を知ってもらえたと……安らかに眠ったのだ』――

あぁ……なんで全部、あの完成した物語通りなの。

どうして私は、ガイラス様の愛を信じる事が出来なかったの。

私が……陛下を知ろうとせず、愛などないと決めつけてしまった。

挙句にレジェスと不義を果たし、大臣の忠告も無視し、私の独断で妊娠をして今があるのなら。

嫌でも気付いてしまう、この最悪な結果を招いたのは……

「サフィラ、すまない。さよなら……ずっと君を、愛している」

他の誰でもない。

全部、全部、全部、私のせいだったんだ。

「あ……ぁぁぁぁ！　ごめ、ごめんなさ――」

顔を上げれば、ガイラス様は涙をこぼしている。その表情は前世の夫と同じ悲壮に溢れていた。

重なった二人の表情が、私の脳裏に鮮明な記憶を甦らせる。

前世で私が不倫した日に、夫が早く帰ってきた理由は、その日が結婚記念日であったからだと。

私は初めから、愛されていたんだ……なのに自分にだけ都合のいい愛を渇望し続けて。

ずっと、ずっと……

「ごめ、ごめんなさ――」

今も、前世も全てが間違っていたんだ。

気付いた時には、もう遅く。

澄み渡るような青空が見えた先、後悔に包まれる私の首が……花束へと落ちた。

最終章　これからは私の物語

「ようやく、終わったぁ」

部屋に差し込む朝の陽射しを感じ、のけぞって身体を伸ばす。

ルーシェ様の物語の代筆、その原稿の推敲作業を終えて、すっかり朝だ。

「腰が痛い……こんなに時間をかけてしまうとは……」

先生と話し合って作り上げた物語も、後は実際に本となり発売される段階まできた。

この数か月間は作業続きで……出かけたのはサフィラに原稿を届けた時ぐらいだ。

「やっと作業は終わったから。原稿をメリット商家に渡さないと」

実際の本となり、ルーシェ様にお見せするのが楽しみだ。

浮き立つ気持ちのままに顔を洗っていると、屋敷の玄関で呼び鈴が鳴った。

「……誰？」

玄関扉を開くと、懐かしさを感じる程に、ずっと会えていなかった彼が居た。

「ヴォルフ様！」

「久しぶり。アーシア」

ヴォルフ様は騎士服を着て、玄関に立っていた。久しぶりの再会を嬉しく思う。

「どうしました？　そうだ、ブルーノ閣下からいただいたお菓子もあるので、客室にどうぞ」

「あぁ、もちろん」

「……団長、お菓子に釣られないでください」

おっと、どうやらシュイク様も居たようだ。

彼はヴォルフ様の後ろからお菓子に喰いつく団長を諌《いさ》めるように、ジトリと睨んでいた。

私は慌てて頭を下げる。

「お久しぶりです、シュイク様」

「アーシアさん。お久しぶりです……早速ですみませんが、王宮に来ていただけますか？」

「王宮まで？」

「はい、陛下が……貴方をお呼びです」

この半年で、ウーグやレジェスは処罰され、サフィラも出産を終え……刑が執行された。

私は結局それを見に行くことはなかった。

だが王都に出回る話は聞いていた。なにせ彼らの処罰を終えた陛下が、王室にこもったからだ。

サフィラを想ってなのか、王妃の席を空位とする事を宣言して……

そんな陛下が私を呼ぶ理由は分からないが、拒否はできない。

だから私は、ヴォルフ様達と……もう戻ると思わなかった王宮へと向かう事とした。

◇◇◇

再び王宮を歩きながら、懐かしい光景に声を漏らす。

「懐かしいですね。あの時はヴォルフ様達が居なければ、何も出来なかったです」

「俺の方こそアーシアが運命を変えてくれたから、助けられた」

私達は、当然ながら互いに感謝の想いを持つ。

どちらかが欠けていれば、『禁じられた愛』の物語が変わっていくのは止められなかっただろう。

故にどこか気恥ずかしさの残る、戦友のような気持ちだ。

苦い気持ちで花がすべて刈り取られた庭園を通り過ぎ、階段を上り、懐かしい気持ちでディノ殿下の部屋に続く廊下を通り抜け——今まで一度も来たことのなかった陛下の私室の前へとたどり着く。

「どうぞ。陛下が待っていらっしゃいます」

シュイク様の言葉に従ってノックをすれば、ガイラス陛下の「入れ」という声が響く。

以前に比べてどこか疲れた声だ。

「失礼いたします」

そう言って入り、目の前に現れた姿に息を呑んだ。

「よく来たな……アーシア」

久しぶりに会った陛下は、以前の健勝な姿とは打って変わっていた。

酷く痩せて、青白い肌には病魔が宿っているようにさえ見える。

「お会い出来て光栄です、ガイラス陛下。お身体の具合は……」

「良い、とは言えん。病は進んでいるようだ」

立っているのも辛いのか、陛下は椅子に座って力なく苦笑する。

そして、大きなため息を吐いた。

「アーシア、君の言った通り……余はサフィラと向きあうべきだった」

その視線は、窓の外にある花のない庭園を見つめていた。

「サフィラに余の死が近いことを告げずにいたのは、彼女には受け入れられないと思っていたからだ。しかし……それが間違いだったのだろう」

陛下は私を見ていない。ただ罪を告白するように、淡々と声が紡がれていった。

「余の死後……王政を維持するためには、どうしても子が必要だった。だから側妃テセアを娶《めと》り……ディノを生《な》した。その選択に後悔はない、これで余の死後も王国は続くはずだ」

そう言った陛下だけど、その視線は迷うように揺れ、唇は震えている。

窓の外から視線を離さないまま、彼は呟いた。

「サフィラがあのような行為に走ったのは、紛れもなく余のせいであった。彼女を裏切り、求める愛に応えてやれずに孤独にさせた。彼女が愛を求めたのは余の不甲斐なさだろう」

「不甲斐なさ……ですか」

私の返事に、ようやく陛下はこちらを見た。

「あぁ。彼女と向きあってやれず、あそこまで歪んでしまうほどサフィラが愛を渇望していたと気付けなかった。だから彼女を含めて多くの者を不幸にしたのは、紛れもなく余だ」

陛下の告白に、返す言葉などない。

彼は、どれほど罪悪感を抱えていても、自らサフィラを追っていくことはできない。

だからせめて罪を少しでも薄めるために、誰かに告白したかったのだろう。

だけど悲しむ前に、陛下はまだ背負うべき子がいるはずだ。

私は、陛下の前に跪き、見上げた。

「陛下、過ぎた時間や運命は変わらず、後悔だって消えません。なら全て背負いながらも、前を向いて生きてくださいませ」

平民である私が、そのようなことを言うべきではないかもしれない。

けれどヴォルフ様やシュイク様も、私の言葉を止めはしない。

きっと彼らも陛下には……後悔ではなく、その責務を果たしてもらいたいのだ。

「後悔を活かして……ディノ殿下を導いてあげてください」

語気を強めて、私は提言する。

陛下が今想うべきは、いなくなってしまったサフィラではなく、これから王として生きるディノ殿下、そして彼の母であるテセア妃しかいないはずだ。

「陛下がサフィラ様を失った気持ち、その辛さは計り知れません。それでも……今度こそディノ殿下とテセア妃に向きあう事が、後悔を活かす事になるのではないでしょうか」

これからディノ殿下は、その幼さで王家を背負って生きる。

支える人が多くても、重圧や責任は王だけしか感じ取れない。

だからそれを知るガイラス陛下に……後悔だけで時間を送ってほしくはなかった。

「陛下はサフィラ様が歪んでしまったと言いましたが、しかし彼女は最後まで母であろうと子を守りました。孤独感に苛《さいな》まれ、絶望する中でも……彼女自身が抱く愛の本質は変わらなかったのです」

私の言葉に、ガイラス様の瞳が揺れる。

「サフィラは子を……確かに愛していたな」

「ええ。どうか陛下も王として、父として。より良き選択をしてください」

そう言うと、陛下は再び視線を落としてしまった。

最愛の人を亡くした彼に、悲しむなというのは酷だと分かっている。

だけど、王家に生きる者としてサフィラは裁きを受けた。

なら陛下は王家に生きる者として……最後まで責務を果たさねばならないはずだ。

「あれ？　本当にアーシさんがいる」

陛下を見上げていると、突然部屋のドアが開いた。覗いたのはディノ殿下だ。

「っ⁉」

どうやら私が来ていると聞いてやってきたようだ。

慌てて張り詰めていた表情を崩して、殿下へと微笑む。

「殿下、お久しぶりです。大きくなられましたね」

「ふふん、そのうち……ディノがアーシさんを追い越すからね！」

「ええ、楽しみにしております」

「おとーさまも！　ディノがすぐに追い越すよ！」

屈託のない笑顔を浮かべた殿下に、ガイラス陛下はその瞳を迷わせる。

サフィラを失った後悔に苛《さいな》まれて生きるのか、一歩踏み出して、未来のために生きていくのか。

陛下は何度か口を開いては閉じてから、意を決したように小さく頷いた。

「……そうだな。ディノ。少し……話をしよう」

「おとーさま？」

ディノ殿下が首をかしげる。

「父は直に……ディノの元を去らなくてはいけない」

「え……どうして？」

「避けようがない病だからだ。余はディノを遺して去ることになり、お前は私がいない中で王となってしまう」

その言葉を聞き、殿下の瞳には涙が浮かび「嫌だ」と言うように口が開きかけた。

だけど……

「なら、ディノは……おとーさまが安心できるように、もっと頑張る」

「っ‼」

サフィラに伝えられなかった想いを吐露した陛下へと、ディノ殿下が返した答え。

殿下は拳を握りしめ、その姿には辛さが感じ取れる。だけど殿下の覚悟は確かであった。

もしもなんてこの世にはないけれど、サフィラに想いを告げていれば、きっと別の未来があったかもしれないと。彼女と同じく純粋な愛で応えるディノ殿下を見て、そう思ってしまうのは私だけではなかった。

「おとーさま。ディノがりっぱな王様になれるように、いっぱい教えてよ」

「……あぁ」

「ディノも、大好きなおとーさまが、安心できるように頑張るから」

陛下も……サフィラと分かり合う未来は確かにあったかもしれない。

でもそれが叶わぬ今、ようやく向きえたディノ殿下との日々を……大切にしてほしい。

「あれ、なんで……おとーさまが泣いてるの」

「すまない。ディノ……すまない。余は……本当に、情けないいな」

「おとーさま？」

陛下が流す涙は、誰に向けたものなのか。

王として生きる決意を持った、殿下へのお礼なのか……

それとも、もうここには居ない。かつての愛した女性への懺悔か。

私には分からない……だけど。

陛下はようやく、誰かと向きあう選択ができたのかもしれない。

◇◇◇

一か月後、私はブルーノ閣下のお屋敷で、綺麗な装丁で飾られた本をルーシェ様へと渡した。

彼女はその本を抱きしめ、嬉しそうに微笑む。

「本当にありがとう。アーシアさん」

「いえ、私も先生の物語を世に出すことができて……嬉しく思います」

出来上がった先生の物語は、今日……メリット商家によって多くの国へ届けられる。

ルーシェの名で、先生の伝えたかった想いが広がっていくのだ。

「この作品は、王妃殿下……サフィラも読んだのよね」

「はい、先生の言う通りに届けました」

「あの子に、何か届いたかしら」

そう言って、ルーシェ様はどこか遠くを見るような表情になった。

ルーシェ様にとって、物語に込めた想いに気付いてほしかったのは……サフィラの前世の人物だったのかもしれない。

私は、ルーシェ様の前に膝を突き、椅子に座った彼女の手を取った。

「物語に紡がれた想いは、サフィラの考えを変えたと、私は信じています」

この物語には、そんな力を感じた。

そう伝えると、ルーシェ様は花が咲くように笑った。

「本当に前世の貴方そっくりね……アーシアさん。いえ、――さん」

「っ⁉」

前世の名前で呼ばれた事に、驚愕して息を呑む。

「どうして……病室で貴方と話したことは、伝えていないのに」

その反応に、ルーシェ様はからかいが成功した子供のように笑った。

「物語を書いていた時、それぞれのキャラには前世の貴方達をイメージしていたの。サフィラがそうなら、きっと……貴方もと思ったのよ。当たっていてよかった」

「そうですか。なんだか……恥ずかしいですね」

笑いつつ、ふと私は私達の前世について尋ねた。

「そういえば私達は、前世で死んだから……ここに来たのでしょうか？」

「私は、違うと思うわ」

「違う？」

「貴方は私が自殺をした事を知らなかったけれど。ヴォルフは知っていた事に違和感があるの」

ヴォルフ様と会ったばかりの頃、そんな話をしていた。

先生の自殺を私はその時に知ったが、思えば確かに前世の私が先生の自殺を知らぬとは思えない。

「恐らくだけど。貴方達は『禁じられた愛』を読んだ段階までの記憶を持っているのではない？」

「なるほど……」

辻褄が合う気がする。

楽しみですぐに読んだ私と、ニュースをキッカケに読んだヴォルフ様の前世。

先生の自殺を私が知らず、ヴォルフ様が知っていた理由はそこだ。

『禁じられた愛』を詳細に思い出せるのも、読んだ直後だからこそだ。

「理想だけど貴方達はこの世界でも、前世でもしっかり生きていると思いたいの」

「確かに、そうですね」

「ふふ、この世界と前世の世界は……どこまでが繋がっているのかしらね」

どこまでが運命で繋がっているのかは分からない。

だけど先生のファンだった私の想いも、先生の悲願も叶ったこの世界。

もしかすれば、互いの想いを叶えるためにあったのではないかと邪推してしまう。

ただ、そうだったとしても――この世界は物語などではない。

私達は物語が終わってからも生きていくのだから。


しばらく本について語り合ってから、私は軽くなった荷物を手にルーシェ様に頭を下げた。

「そろそろ行きますね。先生」

「改めて感謝するわ。アーシアさん。貴方が私の物語を紡いでくれて……サフィラ、あの子に届けてくれて、本当にありがとう」

ルーシェ様からの感謝に頷いて部屋を出ると、ブルーノ閣下が待っていた。

そして彼も固い表情で、私へと頭を下げる。

「アーシア嬢。妻の悲願を叶えてくれて、感謝している」

「閣下、以前のように気さくに接してください。私を娘のようだと言ってくれたあの時のように」

閣下には明るく頼りになる、本当のお父様のように笑ってほしいのだ。

そんな想いを伝えると、閣下は驚きつつも久しぶりに笑ってくれた。

「ふははは！　嬢には敵わんな。私は……世話になりっぱなしだ」

「お互い様です」

冗談交じりの言葉を取り戻し、閣下は笑う。

「では、また新作ができれば……届けにきますね。閣下」

「あぁ、待っているぞ。アーシア嬢」

◇◇◇

「アーシさん！　今日も絵本読んで！」

王宮のとある一室に居た私へと、扉からちょこんと顔を出したディノ殿下が声をかける。

明るい笑みを浮かべる殿下に、私は笑って頷いた。

「もちろんです。ディノ殿下。今日もお勉強を頑張りましたか？」

「うん！　おとうさまに安心してもらうために、ディノ頑張ってるよ！」

あれからは私は王宮内にて特別文官という職務を与えてもらった、といっても実務はない。

ただウーグ達の計画を暴いた私は、王家に反乱を企む貴族の警戒対象だ。

ディノ殿下の傍に居るだけで抑止力となるから、王宮に在籍だけしてほしいと頼まれたのだ。

もちろん喜んで受け入れた。王宮内でも執筆は出来るうえ、こうして殿下とも会えるのだから。

「アーシア、いま少しいいか？」

ディノ殿下へと絵本を読んであげていると、ヴォルフ様もひょっこりと顔を見せる。

「だんちょーさんだ～」

「やはりディノ殿下もおられたのですね。テセア妃からお菓子を頂いたので、食べましょう」

「テセア妃が……またお礼を言いに行かないといけませんね」

お菓子と聞いて喜ぶディノ殿下と共に、一度手を洗いに行ってからみんなで机を囲む。

殿下が嬉しそうにクッキーを頬張り、私とヴォルフ様は笑みを浮かべていると……

「団長、やっぱりここにおられたのですね。執務がまだ残ってますよ」

「うっ……シュイク……」

今日はお客様が多いみたいで、シュイク様が執務書類を手に部屋へとやってくる。

途端に肩を縮こませたヴォルフ様を見て、私は思わず助け船を出した。

「シュイク様も良ければ、お菓子はいかがでしょうか」

「……五分だけですよ」

渋々といった様子だが、シュイク様もソファへと座る。

「お前も菓子に釣られたな」と言うヴォルフ様に、シュイク様は「俺は殿下の護衛です」と笑って言い返す。今や見慣れてしまったこの光景が、私には微笑ましかった。

「アーシさん、これ新しいの？」

ふと、ディノ殿下がクッキーを手にしながら、机の上に置かれた原稿を指さした。

「はい、殿下。新しい物語を書いております」

原稿をディノ殿下へと見せると、殿下は目を輝かせて私を見つめた。

「ディノにも、これが出来たら読ませてくれる？　アーシさんの本、すっごく楽しみ！」

「っ……ええ、もちろんです」

かつて、前世で私が先生に伝えたように、私の作品を楽しみにしてくれる声に胸が鼓動する。

以前までは生活の術《すべ》であった執筆。だが今世で先生と会ってから、自らの想いを皆に届けたいと強く思うようになった私にとって、殿下の言葉が嬉しくて仕方ない。

もっと自分の物語を紡いでいきたいと思えるのだ。

「待ってるね。アーシさん！」

「ええ、必ず殿下にもお見せしますね。私の想いを伝えるのが……今の夢ですから」

微笑みで言葉を返しつつ、私は原稿を胸に抱く。

そして笑みで包まれる部屋を見渡して、平穏を取り戻した実感を噛み締めた。

『禁じられた愛』との因縁を終え、物語との関係は終わった。

もう今は、私——アーシアの人生だ。

前世と、今世。

全ての因縁を断ち切り、私はこれから……自由に、生きていきます。

エピローグ・これが貴方の物語

「サフィラ、すまない。さよなら……ずっと君を、愛している」

悲壊した表情と共に、ガイラス様の愛が今になって私に伝わる。

それに気付いた時には、もう遅く。

澄み渡るような青空が見えた先、後悔に包まれる私の首が……花束へと落ちた。

◇◇◇

「っ!!」

はっと瞳を開けば……目の前に広がるのは、真っ白な部屋だった。

周囲の様子から病室であると分かったが……一変した光景に混乱で言葉が出ない。

「……気付いたのね」

声がして視線を向ければ、おぼろげながら知っている女性の顔が見えた。

確か……先生と病室で話していた時に隣で入院していた、刑事の女性だ。

「なんで……貴方が？」

「……覚えてない？　貴方は車道に飛び出したのよ。その看病」

言われて、ようやく記憶が定まってくる。

先生が自殺したというニュースを目にした私は、自らの罪を認められなかった。

私は悪くないと問答して自らを慰めても罪悪感は消えてくれず……

苦しさから逃げる選択をしてしまったのだ。

「わ……私……」

「一度は心臓も止まったのよ。お医者様も回復したのは奇跡だと言っていたわ」

夢のような話で、上手く話を解釈できない。

では私がまさに今、目の前で見ていたガイラス様の涙は一体なんだというのだろうか。

現世で死んでサフィラとなり、あちらでも死んだから戻ってきたというの？

混乱する頭が次々に疑問を生み出していく。

しかし、目の前の女性は肩をすくめると、すぐに私をまっすぐに見つめた。

「でも起きてくれて助かったわ、これでようやく話せるから」

「ど、どうして貴方がここに？」

「聞きたかった事があるのよ、——先生について」

混乱する最中、刑事の女性が漏らした一言に心臓がキュッと絞まる。

そうか……こっちの世界でも私が犯した罪は重く、もう取り戻せない現実であった。

「先生の物語を代筆していたと聞いたけれど、貴方が書き変えたのよね？」

「……どうして、そう思うの？」

「先生と最後に会った日から、私は先生の過去作まで読み込んだ。だから分かるの。あの先生があんな『禁じられた愛』を書くとは思えない」

そう言い切る姿に、胸が重くなった。

あぁ、きっとこの人も自殺した先生の物語を待っていた一人なんだ。だけど私が物語を改ざんしたせいで、楽しみに待つ気持ちを裏切ってしまった。……私が……私が間違っていたせいだ。

サフィラとして抱いていた後悔が、今世の私の罪を認めさせる。

私が悪くないなどと醜い言い訳は、もう言えなかった。

先生の物語を読み、自らの愛への渇望こそが間違いだと気付いてしまったからだ。

「ごめんなさい……ごめんなさい……ごめんなさい！」

「……え？」

傷が痛むのも構わずに上半身を起こして、頭を布団にこすりつけるようにして謝り続ける。

「私が悪かったの。本当に……ごめんなさい」

「素直に認めると思ってなかったわ」

「長い、長い夢を見て。気付いたの……私が、私が全部……悪かったと」

ボロボロと涙をこぼして、自身の髪をかきむしって嘆く。

それで許してもらえるなんて思ってない……私がした事は最低だ。

許されていい事ではないのだから。

「私が、私が先生の物語を、先生を追い詰めて……」

「……私に謝罪はいらない。ただ真実を知りたくて来ただけだから」

立ち上がった女性は私を冷たく見下ろしながら……潤んだ瞳で答えた。

「先生が伝えたかった想いは誰にも届かぬままとなった。それだけが……私は悲しいの」

「っ……」

「先生の物語が好きだった私達が、ずっと待っていた事だけは理解して生きていきなさい」

彼女は責める言葉を吐かず、ただ自省だけを求めて病室を出て行く。

残された私は、先生も読者も……大勢を悲しめていた事に気付いて後悔が止まない。

自らの渇望する愛に歪み、犯してはならぬ行為に手を染めた。

先生の伝えたかった想いや、物語が、読者に届く事はもう二度とない……

「……違う」

違う、そうだ。

たった一つだけ、私には出来る事があったはずだ。

サフィラだった頃に最後に読んだあの物語こそ、先生の……

「私が……」

許されたいなんて、思ってない。

でも、自らの過ちを理解した私は、痛む身体も気にせずに、ベッドの脇に置かれたペンを握り。

記憶のままに、文字を紡ぎ始めた。


数か月後。入った喫茶店で、若い女性が話している内容が嫌でも耳に入る。

「知ってる？　——先生の代筆者の件！」

「もちろん。あの謝罪配信でしょ？」

彼女達がスマホを開けば、私の顔が映っていた。

私はあれからまず懺悔の言葉と共に、先生の死の真相を全世界へと伝えた。

先生の物語を勝手に書き変えたこと、自殺させた原因が自分だということを全て。

そんな謝罪配信をしたことで、当然ネットでは大炎上が起きた。

詳細を調べ上げられて、私は非難を受け続けている。

「それにしても。なんで、全部言ったんだろ」

「ね。黙っとけばよかったのに」

そうしないと、生きていけなかったからだ。

私の歪んだ愛憎で苦しめた人達への贖罪、こんな謝罪程度では拭いきれない。

「っ!!」

二人の会話が耳に入っていた中、あの人が喫茶店にやって来た。

ここで待っていたのは全て、刑事の彼女に会うためだ。

彼女は喫茶店内の椅子に座ると、買っていたコーヒーを手に、ゆっくり外を見つめる。

私は立ち上がって彼女に声をかけた。

「あの」

「え？　貴方は……確か」

「先生の完成した物語を書きました……先生のファンの方に、届けるために」

突然の私の来訪と脈絡もなく伝えた言葉にも動揺する様子なく、彼女は私へと返答した。

「聞いた話では……貴方は先生から受け取った録音データを聞かずに削除したはずよね？　貴方が

言っていたじゃない」

「……見てきたんです。向こうで……私は先生の物語を」

私の頭がおかしくなったと、一笑する方が自然な反応だろう。

けど、いくら馬鹿にされようと、書いた物語をこの人に届けてみせる。

そう心で覚悟していたのに。

「それ……見せて」

彼女は驚くほど素直に、私へと視線を向ける。

意外な反応に慌てながらも、私は書き綴った紙束を鞄から取り出して彼女へと渡す。

「……これ」

彼女は最初の一文を見て……息を呑んだ。

「……本当に……先生の？」

コクリと頷けば、半信半疑ながらも彼女は続きを読み始める。

徐々に進む手と共に、彼女の瞳には涙が浮かび始めた。

「この作品の題名……教えて」

「『貴方に向けて』……です」

「っ……本当に、先生が書いた物語なのね」

先生を好きだった彼女だからこそ、信じてくれたのだろう。

前世でサフィラとして生きて、最後に読んだ物語。

先生の完成した物語、伝えたかった想いを……

少なくとも、待ち望む目の前の彼女には届ける事ができた。

「……ずっと……待っていたの。先生が死んでしまって、あの人の想いのこもった物語が見れなくなった事がずっと悲しくて……」

ずっと……ずっと待ち望んでいた事が、彼女の流す涙で痛い程に伝わってくる。

だからこそ苦しくて、自らの過ちを改めて胸に刻む。

「ごめんなさい……本当にごめんなさい。ありがとう……信じてくれて」

こぼした謝罪、お礼と共に、私はその場を去る。

私は世間から許されず、これから非難される日々を送る事は分かっていた。

でも、それでいい……許されたい訳ではないのだから。

ただ、せめて先生が伝えたかった想いを届けられた事だけが、私のせめてもの贖罪だ。

「ありがとう……」と聞こえた声に、私は答えぬまま歩き続けた。


この物語を私が書けたのは……きっと偶然なんかじゃない。

この運命は……サフィラとして生きていた時からここまで、全てが繋がっていた。

皆の悲願を叶えるために、ある一人の女性が奮闘して。

彼女が書き、多数の運命が繋がったおかげで、待ち望んだ先生の想いが届けられた。

そう思いたい。そう、信じたい。

ありがとう、私にも贖罪の機会を与えてくれて。

先生の物語を、待ち望む人に届けさせてくれて。

貴方に感謝をして、私は先生の物語を読者の方々に届けられるように頑張ります。

アーシア……皆の悲願は貴方のおかげで叶ったはずよ。

先生の想いは皆にも、そして私にも……確かに伝わったのだから。


「ごめんなさい……先生」

この謝罪だけはもう届けられない。

だけど、この想いは絶対に忘れず……私は生きていきます。

新＊感＊覚ファンタジー！

レジーナブックス Regina

レジーナブックス Regina

二度目は自由に生きます

死んだ王妃は二度目の人生を楽しみます

～お飾りの王妃は必要ないのでしょう？～

なか

イラスト：黒野ユウ

国王の愛を側妃に奪われ、政務を押し付けられてきた王妃カーティア。冷遇の末に人生を孤独に終えた――はずが、目覚めたら時が巻き戻っていた。二度目は自分のために生きると決めたカーティアは王妃の座を捨て、国を出る。政治能力に長けた彼女は自由の保証と引き換えにアイゼン帝国の皇后となったが、祖国がカーティアを連れ戻しにきて……。 陰謀と運命を乗り越え、彼女がつかむ本当の愛とは――⁉

詳しくは公式サイトにてご確認ください。

https://www.regina-books.com/

携帯サイトはこちらから！

この作品に対する皆様のご意見・ご感想をお待ちしております。

おハガキ・お手紙は以下の宛先にお送りください。

【宛先】

〒150-6019 東京都渋谷区恵比寿 4-20-3 恵比寿ｶﾞｰﾃﾞﾝﾌﾟﾚｲｽﾀﾜｰ 19F
（株）アルファポリス　書籍感想係

メールフォームでのご意見・ご感想は右のＱＲコードから、
あるいは以下のワードで検索をかけてください。

アルファポリス　書籍の感想　検索

ご感想はこちらから

本書は、「アルファポリス」（https://www.alphapolis.co.jp/）に掲載されていたものを、
加筆、改稿のうえ、書籍化したものです。

本日《ほんじつ》、貴方《あなた》を愛《あい》するのをやめます
王妃《おうひ》と不倫《ふりん》した貴方《あなた》が悪《わる》いのですよ？

なか

2024年 10月 5日初版発行

編集－古屋日菜子・森 順子
編集長－倉持真理
発行者－梶本雄介
発行所－株式会社アルファポリス
〒150-6019 東京都渋谷区恵比寿4-20-3 恵比寿ｶﾞｰﾃﾞﾝﾌﾟﾚｲｽﾀﾜｰ19F
TEL 03-6277-1601（営業） 03-6277-1602（編集）
URL https://www.alphapolis.co.jp/
発売元－株式会社星雲社（共同出版社・流通責任出版社）
〒112-0005 東京都文京区水道1-3-30
TEL 03-3868-3275
装丁・本文イラスト－天城望
装丁デザイン－AFTERGLOW
（レーベルフォーマットデザイン—ansyyqdesign）
印刷－中央精版印刷株式会社

価格はカバーに表示されてあります。

落丁乱丁の場合はアルファポリスまでご連絡ください。

送料は小社負担でお取り替えします。


ISBN978-4-434-34532-6 C0093